그
리
움

　한

　　스

　　푼

그리움 한 스푼

발행일   2022년 8월 23일

지은이   김정희
펴낸이   손형국
펴낸곳   (주)북랩
편집인   선일영   편집   정두철, 배진용, 김현아, 박준, 장하영
디자인   이현수, 김민하, 김영주, 안유경   제작   박기성, 황동현, 구성우, 권태련
마케팅   김회란, 박진관
출판등록 2004. 12. 1(제2012-000051호)
주소   서울특별시 금천구 가산디지털 1로 168, 우림라이온스밸리 B동 B113~114호, C동 B101호
홈페이지 www.book.co.kr
전화번호 (02)2026-5777   팩스   (02)2026-5747

ISBN   979-11-6836-450-9 03810 (종이책)   979-11-6836-451-6 05810 (전자책)

(주)북랩 성공출판의 파트너

북랩 홈페이지와 패밀리 사이트에서 다양한 출판 솔루션을 만나 보세요!

홈페이지 book.co.kr • **블로그** blog.naver.com/essaybook • **출판문의** book@book.co.kr

작가 연락처 문의 ▸ ask.book.co.kr

작가 연락처는 개인정보이므로 북랩에서 알려드릴 수 없습니다.

그리움

한 스푼

단발머리 시골 소녀의
동화 같은 추억 일기 100

김정희 에세이

북랩

올해는 2022년.

60년 전 임인년에 태어났다.
육십갑자를 살아냈으니 회갑이 되는 해이다.

3년 전에 30년 넘게 다니던 직장을 퇴직하고 새로운 것에 도전했다. 그중 하나가 책 쓰는 거였다.

지금 대한민국은 1인당 국민소득이 3만 달러가 넘는 잘사는 나라이지만 60년 전 그때의 대한민국은 가난했다. 하루 세끼 밥을 챙겨 먹는 게 힘들었다. 그러나 그때는 사람들에게서 아름다운 향기가 묻어났다. 사람답게 사는 게 무엇인지 제대로 산다는 게 어떤 모습인지 생활 속에서 보고 자랐다.

대한민국 하늘 아래 60여 가구가 옹기종기 모여 살던 작은 시골의 단발머리 소녀로 돌아가, 나의 이야기, 마을 사람들 이야기, 그때의 풍경, 그때의 놀이와 우리 가족에 얽힌 이야기를 풀어보고자 한다. 눈 감으면 코찔찔이 소녀가 두 발이 엉덩이에 닿도록 폴짝폴짝 뛰는 모습이 반복적으로 나타난다. 다시 그 시절로 돌아가 그리움의 펜을 잡고 100가지 에피소드를 그려냈다. 일곱 부분으로 나누어.

아침에 솟아오르는 해를 보면서 막 걸음마를 시작하는 아이가 걷고 싶어 하는 것처럼 나도 걷고 싶었다.
시간이 가면 걸어가는 아이가 뛰고파 하는 것처럼 새로운 일에 점프하고 싶었다.
그러나 너무 빠르게 속도 내지 않기로 했다.

걸음마 떼어놓은 아이가 걸을 수 있게 된 것에 환호하는 것처럼, 천천히 한 걸음 한 걸음씩 나아가려고 한다. 누군가 그 어린아이의 손을 잡아주고 세상을 향해 전진하도록 응원할 것이라 믿으며.

나의 새로운 인생 2막을 향해 첫걸음을 떼었다.

회갑을 맞이한 나이에 새로운 도전을 시작하는 나에게 박수를 보내며 두 번째 세 번째 그 이상의 이야기를 세상에 쏟아낼 수 있기를 기대해 본다.

2022년 새해에
정희가

차례

1장

어린 시절,
우리는 이렇게 놀았다

진달래 먹고 물장구치고
다람쥐 쫓던 어린 시절♪♬

소꿉놀이

도시 아이들 유희는 장난감 가게에 있는 물건이지만, 시골 아이들 장난감은 자연이다. 풀, 깨진 기와 조각, 돌멩이, 나뭇가지, 사금파리 등등.

자연을 이용한 놀이 중 으뜸은 소꿉놀이다.

소꿉놀이할 때는 제일 먼저 신랑 각시를 정한 후에 식사 준비를 한다. 깨진 사금파리 위에 모래를 소복이 얹어놓으면 밥이 되고, 큰 돌 위에 풀을 얹어놓고 작은 돌멩이로 여러 번 내리쳐서 찐득찐득해지면 반찬이 되고, 나뭇가지 두 개 꺾어 얹으면 젓가락, 아카시아 줄기 따서 잎 하나 남겨두고 다 훑어버리면 숟가락이 된다. 또 먹고 싶은 게 있으면 땅바닥에 그리면 된다. 된장찌개도 먹을 수 있고 꽁치도 먹을 수 있다. 한 상 가득히 차려놓고 각시가 신랑을 부른다.

"여보, 점심 듭시다."

땅바닥에 엉덩이 깔고 젓가락 들어 먹고픈 반찬 위에 올렸다가 입 가까이 가져가서 "냠냠, 맛있다." 그러면서 놀았다. 설거지는 초간단하다. 차려놓은 밥상 위로 발을 휙휙 저으면 끝이다.

그 친구들 지금은 어느 누구랑 짝이 되어 소꿉놀이하는 것마냥 재밌게 살고 있겠지!

아카시아 줄기 파마

5월이 되면 향기로운 아카시아 꽃이 만발한다.

아카시아 꽃을 따다 술을 담그면 입 안에 향기가 오래간다고 한다. 실제로 뽀뽀할 만큼 얼굴을 가까이 가져가면 달짝지근한 향기가 내 얼굴을 덮는다.

나와 친구들은 이 아카시아 꽃을 따서 먹었다.

내가 팔을 뻗어도 닿지 않은 곳에 매달려있는 꽃은 제자리 높이뛰기를 해서 손에 닿는 대로 훑어 먹었다. 꽃에 꿀이 들이 있어서 달콤한 거라고 믿고.

친구 둘 이상만 모이면 아카시아 꽃과 잎이 붙어있는 줄기를 땄다. 꽃은 입 안으로 밀어 넣고 줄기는 한 손에 잡고 친구와 게임을 했다.

가위바위보를 해서 이기면 줄기에 붙어있는 잎을 하나씩 따서 버렸다. 잎을 다 따버린 친구는 줄기를 옆에 고이 두고 손가락 엄지와 검지를 이어 동그라미를 만든 후 힘차게 친구의 이마를 튕겼다.

눈을 감은 채 벌을 기다리던 친구는 '통' 소리가 나면 못마땅하다는 듯 때린 친구를 향해 눈을 흘겼다.

그리고 잎 떨어진 아카시아 줄기로 친구 머리카락을 말아 올렸다. 줄기 여러 개로 서로가 서로의 머리를 말아 올려 주었다. 무자격 미용사가 되어 파마(그때 우린 '빠마'라고 했다)를 해주는 거였다.

그 상태로 오래 두면 진짜로 머리카락이 구불구불해졌다. 금방 펴지긴 했지만.

내년에는 아카시아 줄기로 딸아이에게 파마를 해줘야겠다. 나의 어린 시절 이바구(이야기의 경상도 사투리)와 함께.

우리 친구 진달래

앞뒤가 산으로 둘러싸인 내 고향은 봄이면 형형색색의 꽃들이 피어난다. 개나리, 진달래, 싸리꽃 등등.

그중에서 우리 세 자매에게 인기 있었던 꽃은 단연 진달래이다.

바로 밑의 여동생이 둘째손가락을 치켜들고 노래를 부른다. "진달래꽃 먹으러 갈 사람, 여기 여기 붙어라. 여기 여기 붙어라." 노래가 끝나기도 전에 나와 막내 여동생은 폴짝 뛰어 손가락을 붙인다. 기분 좋게 머리를 흔들면서 신발이 엉덩이에 닿도록 뛰면서 좌우로 두 팔을 나풀거리며 산으로 향한다.

오늘은 진달래를 배 터지게 먹어보자고 합창한다.

세 자매는 진달래꽃을 발견하고 뛰어간다. 진달래 꽃잎의 끝부분을 손가락으로 모아 야무지게 잡고 풀 뽑듯이 위로 잡아당긴다. 꽃잎이 찢어지지 않도록 그리고 꽃술이 상하지 않도록 심혈을 기울여 뽑아 올린다.

그 꽃잎은 통째로 입안으로 들어가 뱃속에 차곡차곡 저장되었다.

이제는 꽃술 싸움을 할 차례이다.

꽃잎을 조심스레 걷어 올린다. 보호막이 사라진 꽃술이 벌거숭이가 되어 우리 앞에 서 있다. 그 꽃술 중에 가장 선명하고 키 크고 튼실한 꽃술을 하나 선택한다.

내가 꽃술을 가로로 잡고 있으면 동생이 꽃술을 세로로

잡고 내 꽃술에 대고 앞으로 당긴다. 힘이 약한 꽃술이 댕강 끊어진다. 살아남은 꽃술은 또 다른 꽃술과 토너먼트 방식으로 싸운다.

이렇게 진달래꽃은 우리 세 자매의 봄 친구였다.

인간 줄다리기

인간 줄다리기를 해본 적이 있는지?

두 팀으로 나누어 힘 겨루기하는 것은 일반 줄다리기와 같으나, 줄 역할을 사람이 하는 게 차이점이다. 나름의 규칙이 있다. 힘의 균형을 맞춰야 하기에 대체로 같은 학년끼리 한다. 그러나 늘 예외가 있어서 친구들 수가 안 맞거나 동생을 데리고 나온 경우, 어쩔 수 없이 놀이에 끼워준다. 그날도 둘째 여동생 미미를 내가 데리고 있어야 했기에 미미도 인간 줄다리기의 멤버가 되었다. 상대 팀에도 미미 또래가 있었고.

왜 그랬는지 이유는 알 수 없으나 미미가 주장이 되었다. 상대방 주장도 미미 또래이고.

주장이 제일 앞에 서고 그 뒷사람부터는 앞사람 허리를

두 팔로 감아 손가락을 깍지 끼워 잡는다. 그렇게 인간 줄다리기 행렬이 이루어진다. "시작" 소리와 함께, 마주 선 상대방 주장끼리 손을 잡고 영차영차 잡아당긴다. 이기려고 안간힘을 쓴다.

승부의 세계는 냉혹한 것!

미미가 팔이 너무 아파 소리를 지르는데도 알아듣지 못했다. 서로들 이기겠다고 악다구니를 쓰느라.

아뿔싸! 미미 팔이 빠지고 말았다. 팔이 덜렁 덜렁거린다. 미미는 아프다고 주저앉아서 소리소리 지르고 얼굴이 찌그러진 깡통 같다. 야단났다.

그제야 큰일 난 것을 알아차리고 모두 놀라 인간 줄다리기가 중단되었다. 그런데, 여기까지는 기억이 생생한데 그 빠진 팔을 어떻게 조치했는지는 전혀 기억이 없으니……

너무 놀라서 기억하고 싶지 않아서일까?

책 보따리

○○국민학교(현재 초등학교)에 다니는 친구들은 책가방이란 것을 보지 못했다. 적어도 내가 졸업하는 날까지는. 책을 보자기에 둘둘 말아서 여자아이들은 허리에 매고 남자아이들은 왼쪽 어깨와 오른쪽 겨드랑이 밑을 통과하여 가슴 중앙에서 묶었다. 반대로 오른쪽 어깨 위와 왼쪽 겨드랑 아래를 통과해 가슴 중앙에 묶는 친구도 있고. 아무튼 책 보따리는 뒤에서만 볼 수 있다. 여자아이들은 허리, 남자아이들은 등 위쪽으로 비스듬히. 책 보따리는 집으로 돌아오는 길엔 음악대로 변신한다. "수리수리 마수리" 하면 책 보따리 속에서 나팔이랑 북이 나오냐고?

"No."

도시락 속에 든 숟가락과 젓가락이 악기다.

황금색 양은 도시락 안에 들어있는 악기들이 나란히 준비 자세를 하고 있다. 지휘자가 발을 내딛는 순간, 숟가락과 젓가락이 천천히 연주를 시작한다.

달-그-락-달-그-락

달-그-락-달-그-락

그러다가 지휘자가 두 발을 공중으로 올렸다가 땅에 '쿵' 소리 날 정도로 제자리에 서면 달그락 소리가 요란하게 한 번 나고 잠깐 휴식이 찾아온다. 클라이맥스는 지휘자가 힘차게 달리는 시점이다.

달그락달그락달그락달그락

달달그그락락달달그그락락

양은 도시락 속 숟가락과 젓가락이 뒤엉켰다가 제자리로 돌아오고 뒤엉켰다가 제자리로 돌아오고. 친구 8명이 같이 뛰면 유명 오케스트라가 연주하는 음악회랑 별반 다르지 않으리라. 친구들 한 명 한 명이 지휘자이고 숟가락과 젓가락은 악기이니 시골 논두렁에서 연주되는 음악회 소리에 개구리와 귀뚜라미가 합창하지 않겠는가? 친구의 구령에 맞추어 손과 발이 일사불란하게 움직인다면 멋진 뮤지컬의 한 장면이 되리라.

길에서 펼쳐지는 신나는 음악회로 먼 귀갓길이 힘들지 않았다. 나는, 우리는 그렇게 자랐다.

꼬리잡기

내가 다닌 국민학교는 운동장이 무지 넓었다. 점심을 먹고
나면 모두 운동장에서 삼삼오오 무리 지어 놀았다. 그 무리
중에 눈을 확 잡아끄는 시끌벅적한 놀이가 있었으니 바로
꼬리잡기였다. 꼬리잡기는 두 팀으로 나누어서, 제일 앞에
선 팀의 대표가 상대 팀 맨 뒤에 있는 사람을 잡으면 끝나
는 게임이다. 각 팀 대표가 제일 앞에 서고, 그 뒤부터는 앞
사람의 허리나 옷을 잡아 연결되어 있어야만 한다.

줄줄이 비엔나처럼.

게임이 끝날 때까지
그 상태를 유지해야 한
다. 중간에 팀이 두 동

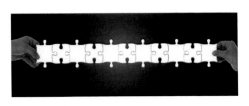

강 나면 지게 된다. 먼저 두 팀의 대표가 마주 보고 선다.

그리움 한 스푼

가위바위보를 해서 이긴 팀이 먼저 공격한다.

준비, 땅! 소리와 함께 게임이 시작된다.

이긴 팀 대표가 상대 팀 제일 뒤에 있는 사람, 즉 동물로 말하면 꼬리를 잡는 것이다. 진 팀은 상대 팀 대표의 진로를 방해한다. 각 팀 대표의 신경전이 볼만하다. 대표의 발걸음에 따라 행렬이 왔다리 갔다리(이리저리 움직인다는 경상도 표현) 한다. 마치 기다란 뱀이 지그재그로 재빠르게 움직이는 것 같다. 공격팀 대표가 이쪽저쪽 왔다리 갔다리 하다가 어느 순간 재빨리 방향을 바꾸어 상대 팀의 꼬리를 향해 달린다. 꼬리는 잡힐 위험에 처하면 한 손으로 앞사람 옷을 잡고 늘어지면서 운신의 폭을 넓힌다. 왼쪽 오른쪽으로 방향을 바꾸면서 잡히지 않으려고 괴성을 지르면서 도망 다닌다. 목소리 큰 친구는 운동장을 들었다 놨다 할 정도로 소란스럽다. 얼굴이 벌게지도록 소리를 지른다.

설레발을 치다 결국엔 잡히고 만다.

이기고 지는 것 상관없이 다 운동장에 주저앉아 숨을 몰아쉬며 소리 내어 웃는다. 운동장에 있는 아이들이 꼬리잡기 놀이 구경하느라 주변으로 모여든다. 20명이 한 팀이 되면 얼마나 재미있을지 상상해 보라. 인원 제한이 없으니 많으면 많을수록 신난다. 학년을 단위로 할 수도 있다.

그때 나는 이런 재미난 놀이를 헤아릴 수 없이 많이 했다. 눈을 감으면 국민학교 친구들의 발 빠른 움직임과 웃음소리가 들리는 듯하다.

멀리뛰기

울 동네에서 국민학교에 가려면 냇가를 건너고, 논과 밭을 지나고, 작은 도랑을 지나고, 또 한 번 냇가를 통과해야 한다. 가물어서 냇가에 물이 없을 때는 그냥 걸어가면 된다. 그러나 비가 와서 냇물이 흐를 때는 바지 걷어 올리고 고무신 벗어서 (벗겨져서 떠내려갈까 봐) 손에 쥐고 냇가를 건넜다. 쫑알거리며 걷다 보면 또랑(우린 도랑을 또랑이라고 불렀다)이 나타난다.

그 또랑이 아이들이 폴짝 뛰기엔 폭이 넓다. 그렇다고 다시 바지 걷어 올리고 신발 벗고 건너기에는 성가시다.

그래서, 책 보따리를 또랑 건너편으로 휙 던져놓고 또랑 뒤쪽으로 뒷걸음쳐서 숨 한번 들이마시고 힘차게 달려가다가, 한순간 날면 또랑 건너편으로 착지한다.

이것을 멀리뛰기라고 한다.

　제일 처음 또랑을 건넌 친구는 책 보따리를 한 곳으로 모아둔다. 애들이 차례차례 날아올라 멀리뛰기를 한다.

　대부분 성공한다.

　우리는 감독이 없어도 코치가 없어도 이미 숙련된 기술을 터득한 선수이기 때문이다. 그런데, 어쩌다가 발맞추기가 어긋나서 또랑 끝부분에 빠지는 친구가 있다. 그 순간 '첨벙' 소리와 함께 물이 얼굴에 튀고 참담한 표정을 짓는 그 모습에 친구들이 박장대소한다.

그런데 말입니다.

그렇게 조기교육을 했는데도 멀리뛰기 국가대표가 된 친구 한 명 없으니 오호통재지 말입니다.

딱지치기

우리 집 장남, 내 남동생은 딸 셋을 내리 낳은 후 바라고 바라던 아들이라 우리 집 증조할머니, 조부모, 아버지, 엄마 모두 너무 귀하게 여겼다.

딸 셋은 공짜로 주어진 자연이 장난감이었는데, 어라~ 장남은 장난감을 돈 주고 샀다. 당시 남자아이들 장난감 중 딱지가 있었는데 대부분 다 쓴 공책이나 밀가루 포대를 잘라 만든 네모난 딱지였다. 그런데 우리 장남은 동그란 딱지를 가지고 놀았다. 이 동그란 딱지는 돈 주고 사야 한다. 네모난 딱지는 무채색이고 화려한 그림이 없다. 동그란 딱지는 아이들이 좋아하는 그림도 그려져 있고 별도 있고 그야말로 컬러풀한 색의 향연으로 어린 남자아이들의 마음을 통째로 빼앗아간 마력의 장난감이었다.

이것을 어디서 사냐고?

학교 앞에 가게가 딱 하나 있다. 문구류도 팔고 과자도 파는 선희(가명) 엄마의 가게. 그곳에서 동그란 딱지를 돈 주고 샀다. A4 크기 정도의 종이에 지름이 3cm 정도 될까? 일정한 간격으로 눌러 찍은 홈이 파여 있는 그 딱지는 엄지 손가락으로 누르면 한 개씩 뜯어졌다. 네모난 딱지만 가진 아이들에게 동그란 딱지는 지금으로 말하면 갖고픈 신상 휴대폰이라고나 할까! 거두절미하고 동그란 딱지는 남자 아이들의 로망이었다.

동그란 딱지는 네모난 딱지에 비해 게임 방법이 다양했 다. 네모난 딱지는 바닥에 엎어져 있는 딱지를 내 딱지로 세게 내려쳐서, 순간 일어나는 바람의 힘으로 딱지가 뒤집 혀야 내 것이 되는 딱 한 가지 방법밖에 없었다. 그런데 동 그란 딱지는 이 외에도 몇 가지 게임 방법이 더 있었다. 그 림이 안 보이게 엎어놓고 뒤집어서 딱지에 그려져 있는 별 의 개수가 많으면 이기는 것도 있었고, 딱지를 한 손에 쥐 고 다른 손 새끼손가락으로 튕겨서 멀리 날아가면 이기는 방법도 있었다. 남동생은 동그란 딱지를 모아둔 통을 열어 보고는 만족스럽게 씨익 웃곤 했다. 잘 때에도 머리맡에 상자를 두고 잤다. 매일 집에서 혼자 딱지치기 연습과 멀리 튕기기 연습을 했다. 때로는 황송하게도 누나들도 연습에 동참시켜 주기도 했다. 남동생은 딱지 선수가 되기 위해 열심히 연습했다. 그리고 잘했다.

그런데, 나는 놈 위로 날아와서 달라붙는 놈이 있다고 하더니…….
우리 집 들어오는 골목 입구에 선수가 한 명 있었으니…….

어느 날 남동생이 딱지 상자를 가슴에 안고 나가더니 얼마 후 찌그러진 깡통 같은 죽상으로 집에 돌아왔다. 얼마나 씩씩거리던지 연신 콧구멍에서 오토바이 달리는 소리가 났다. 이유는 빈 딱지 통…….
그 많은 딱지를 그 선수에게 몽땅 털리고 만 것이었다. 저녁도 안 먹고 씩씩대더니 결국 할머니 손을 잡고 깜깜한 밤에 그 선수네 집을 찾아갔다.
선수에게 딱지를 빌려 게임을 했는데 계속 져서 옆에서 보는 할머니조차 안쓰러웠다고 했다. 오기만 남은 동생은 지면 또 하자고 하고, 또 지면 한 번만 더 하자고 하고, 또 지면 마지막이라면서 하자고 하고…….

결국 그 선수가 남동생에게 질려서 "네 딱지 다 가져가. 다시는 너랑 딱지놀이 안 한다."라고 방바닥에 벌러덩 누우면서 끝이 났단다.

찌그러진 깡통 같던 얼굴로 나간 동생은 공장에서 막 나온 퍼진 깡통이 되어 마라톤 우승 선수처럼 두 발로 깡충깡충 뛰면서 집으로 돌아왔다.

그 남동생은 지금도 승부욕이 얼마나 강한지 24살이나 어린 조카랑 게임을 해도 이기고야 만다.

비석치기

작년 넷플릭스에서 세계적으로 인기 있었던 시리즈 '오징어 게임'에서는 어린 시절 내가 즐겨 했던 놀이들이 등장한다. '무궁화꽃이 피었습니다, 구슬치기, 줄다리기' 등등.

그러나 등장하지 않은 놀이가 있으니, 바로 비석치기이다. 비석치기는 서 있는 상대방의 돌을 나의 돌로 맞혀서 넘어지게 하는 놀이다. 돌 하나만 준비하면 된다.

돌 고를 때 요령이 필요하다. 돌이 서 있어야 하니까 최소한 한 면이 평평해야 하고, 상대방의 돌을 넘어뜨려야 하니 어느 정도 무게도 있고 넓어야 한다. 무릎 사이에 끼우거나 발등이나 배 등에 얹어야 하니 너무 무겁지 않아야 하고 울퉁불퉁하지 않아야 한다. 주변에 돌이 천지삐까리(엄청 많다는 경상도 사투리)이나 이 조건에 딱 맞는 돌을 구하기가 쉽지 않다. 똑똑한 친구는 이 조건에 딱 맞는 돌을 골라 비석치기 전용 돌로 사용한다. 돌을 선택한 후에는 두 사람이 합의하여 출발선과 돌이 서 있을 자리를 정한다.

그 거리가 대충 2미터 정도는 되었던 것 같다. 두 지점의 거리가 멀수록 난이도는 높아진다. 준비가 끝나면 가위바위보로 순서를 정해 이긴 친구가 먼저 시작한다. 가위바위보에서 진 친구는 돌이 중심을 잡고 서 있도록 돌로 땅바닥을 두어 번 왔다 갔다 해서 바닥에 살짝 홈이 파이도록 한다. 비석치기 경험이 많은 친구들은 숙련된 조교처럼 단번에 돌을 세우기도 한다.

비석치기는 총 7단계로 이루어져 있다.

첫 번째 단계는 출발선에서 2m 거리에 서 있는 상대방 돌을 손으로 던져서 넘어뜨리는 것이다. 실패하면 공격 위치에서 물러나야 한다. 성공하면 당연히 다음 단계로 넘어간다.

두 번째 단계는 돌을 발등 위에 얹고 조심조심 걸어가서 어느 지점에 멈추어 선 후, 발등 위의 돌을 날려서 상대방

돌을 넘어뜨리는 것이다.

거리 계산을 정확하게 해야 한다. 2단계에서 공격 자격이 상실되는 경우는 발등 위의 돌이 떨어지는 경우와 상대방의 돌을 넘어뜨리지 못한 경우이다. 돌을 맞히기는 했으나 그 돌이 흔들흔들거리다가 제자리에 서면 실패다. 볼링할 때 가끔 요런 말도 안 되는 상황이 일어날 때가 있지 않은가?

세 번째 단계는 돌을 무릎 사이에 끼고 폴짝폴짝 뛰어가서 그 돌을 떨어뜨려 상대방 돌을 넘어뜨리는 것이다. 이때에는 무릎 사이에 낀 돌이 뛰는 중간에 흘러내리지 않도록 무릎을 최대한 돌에 밀착시켜야 한다. 모든 단계에서 거리 계산을 잘해야 한다. 대충 했다가는 상대방에게 공격권을 넘겨야 하기 때문이다. 이 단계가 성공하면 다음 4단계로 넘어간다. 3단계까지 일사천리로 성공하면 비석치기 선수라 할 수 있다.

네 번째 단계는 배 위에 돌을 얹고

다섯 번째 단계는 가슴 위에 돌을 얹고

여섯 번째 단계는 머리 위에 돌을 얹고 가서 정확한 지점에 서서 돌을 떨어뜨려 상대방 돌을 쓰러뜨리는 것이다.
여기까지 하면 우리의 신체에서 더 이상 올라가야 할 곳이 없으니까 끝나는 것 아니냐고?

천만에.
"No."
우리 조상들이 어떤 조상인가? 마지막 반전이 있다.
어디에 돌을 얹어야 할까? 바로 등이다.

일곱 번째 단계는 등에 돌을 얹고 가서 뒤돌아서서 등을 펴고 돌을 떨어뜨려 서 있는 상대방 돌을 딱 맞혀서 넘어뜨리는 것이다. 한 치의 오차도 없이 정확하게 위치 계산을 해야 한다. 여섯 번째 단계까지는 떨어지는 돌의 위치를 내 눈으로 볼 수 있지만, 마지막 일곱 번째 단계에서는 떨어지는 돌의 위치를 볼 수 없다. 마지막 단계가 가장 난이도가 높다.

와~우

이런 놀이를 하며 자랐으니 거리 계산도, 협응 훈련도, 균형감 훈련도 저절로 깨우치지 않겠는가?

그리움 한 스푼

구슬치기

전 세계를 뜨겁게 달군 우리나라 인기 드라마 '오징어 게임.' 이 게임은 어린 시절 내가 즐겨 하던 놀이를 끄집어내서 추억의 향수를 맛보게 한다.

구슬치기도 등장한다. 짧은 시간 스치는 순간의 선택으로 구슬을 먹게 되는 홀·짝 게임과 거리의 측정에 따른 정확한 투척을 요구하는 구멍 넣기. 이 두 가지 방법이 등장한다.

나는 어린 시절, 이 두 가지 외에 더 다양한 방법으로 구슬치기를 즐겼다. 첫 번째는 여러 개의 구슬을 단 한 번에 왕창 먹을 수 있는 게임이다. 일정한 거리에 선을 그어놓고 그 선 가장 가까이에 구슬을 던지는 친구가 한꺼번에 구슬을 먹는 게임이다.

10명의 친구가 게임에 참석한다면 9개의 구슬을 먹을 수 있다. 단 한 번에.

9개의 구슬을 쓸어 담는 그 순간 친구의 기분은 어땠을까? 땅바닥에 거울이 있다면 한껏 찢어진 친구의 입을 볼 수 있지 않았을까?

두 번째는 상대방의 구슬을 딱 맞추어야만 먹는 게임이다. 한 번에 한 개만 먹을 수 있다. 못 먹는 경우가 더 많고. 가위바위보를 해서 진 친구는 되도록 멀리 구슬을 던져놓는다. 공격수는 멀리 있는 구슬을 맞히기 위해 한쪽 눈을 찡그린다. 초점을 맞추기 위해서다. 초점을 맞추었다고 바로 구슬을 던지지 않는다.

손에 구슬을 쥐고 몇 번을 앞으로 뒤로 앞으로 뒤로 겨냥해 보고 맞힐 수 있다고 판단되는 순간에 구슬을 던진다. 그러나 처음에 맞히는 친구는 거의 없다.

내 구슬이 상대방 구슬 바로 앞에 떨어지면 나의 얼굴은 실망감으로 찌그러지고 상대방은 '살았다'라는 웃음을 띤 편안한 얼굴이 된다. 상대방이 구슬을 쥐고 조준할 때면 나의 가슴은 콩닥콩닥 펌프질을 한다. 제발 내 구슬을 맞히지 않기를 천지신명께 기도한다.

상대방은 '딱' 소리 나게 구슬을 맞혀서 저 파란 구슬이 내 구슬이 되게 해달라고 기도하겠지!

'딱' 소리가 나는 순간 상대방은 집중하고 있던 온몸의 세포가 한꺼번에 쫘~악 퍼지면서 기쁨의 팡파르가 터지고 나는 죽상이 된다. 내 구슬은 상대방의 손안으로 넘어가고 만다.

세 번째는 아주 고난도 게임이다. 원 안에 있는 구슬을 맞혀서 구슬이 원 밖으로 튕겨나가야 먹는 게임이다. 확률적으로 먹을 수 없는 경우가 더 많다. 이 게임은 두 명이 하지 않는다. 여러 명이 같이한다. 공격수를 제외한 나머지 친구들은 구슬을 원 안에 던져 넣고 그 주변을 빙 둘러선다. 원 안에 구슬들이 엄청 많다. 한 개를 정확히 힘차게 맞힌다면 그 구슬 또는 그 옆의 구슬이 원 밖으로 튀어나오리라. 머릿속으로 환호성을 지르는 나를 그려본다.

그러나 원 안에 넣기도 힘들지만, 넣는다 해도 구슬이 밖으로 튕겨 나가기는 더 힘들다. 거리 측정과 정확한 타점이 요구되는 게임이다. 이 게임을 오징어 게임 시리즈 2에서 첫 번째 게임으로 시작하면 좋지 않을까?라는 생각을 해본다.

동네 술래잡기

김해 김가들의 집성촌인 내 고향은 어림잡아 60세대 정도
모여 살았다.

마을 중간에 큰 연못이 있고

앞산과 뒷산이 있고

공동 우물이 세 곳 있으며

큰 빨래터가 하나 있다.

동사(지금의 마을회관)가 있고

마을 어귀에는 상여를 보관해 둔 상엿집이 있었다.

논과 밭이 집 가까이에 있어서 밭에서 만나면 푸성귀를
서로 나누어주고 받았다. 결혼식이 있으면 내 집 일처럼 도
왔고 장례식엔 남자들이 상여를 메고 마지막 가는 길을 같
이 애도했다. 제사를 지내면 어르신 계시는 집에는 밤 1시

가 넘어도 제삿밥을 가져다 드렸다. 모내기할 때는 서로 날
짜가 겹치지 않도록, 일꾼이 부족하지 않게 조율했다. 영
식이네 논은 몇 평이고 밭은 어디에 있으며 그 집 자식들은
어떤 직장에 다니고 누가 부모 속을 썩이는지도 훤히 알고
있었다. 뉘네 집 자식이 누구랑 연애질(그때는 꼭 연애질이라
고 했다) 하는지도 소리 소문 없이 다 알고 있었다.

　동네가 하나의 네트워크로 연결되어 있었다. 그렇게 살
아가고 있었으니 내 집이 너의 집이고, 너의 집이 우리 집
이었다. 그래서, 우린 놀이를 해도 범위가 아주 넓었다. 숨
바꼭질이 그러했다. 우리 집으로 제한되지 않았다. 동네 전
체가 숨바꼭질 대상이었다.

〈술래가 두 팔로 눈을 가리고〉

"꼭꼭 숨어라. 머리카락 보인다.

꼭꼭 숨어라. 옷자락이 보인다.

꼭꼭 숨어라. 머리카락 보인다.

꼭꼭 숨어라. 옷자락이 보인다.

10까지 세고 찾으러 간다~

하나, 둘, 셋…… 아홉, 열.

다 숨었니? 찾으러 간다~."

술래의 이 소리가 끝나면 사방이 고요하다.
모두 숨은 곳에서 숨도 안 쉬었다.

동네 전체를 상대로 하나, 숨는 곳은 거의 정해져 있었다. 짚단 사이, 친구네 화장실, 감나무 위 등등.

술래는 숨은 친구를 찾으면 먼저 이름을 부른다. 그런 후, 신체의 일부를 터치하고 "잡았다."라고 소리쳐야 한다. 술래와 눈이 마주친 친구는 후다닥 도망치기 시작한다. 결국 잡히고 말지만 나의 유년 시절은 그렇게 푸르고 싱그러웠다.

그러나 너무 꼭꼭 숨어서 끝내 찾을 수 없는 친구가 있기도 했다. 그러면 모두 같이 손 마이크를 하고 외친다.

"영자야, 깽깽이 다리하고 나와라. 숨바꼭질 끝났다." 영자가 깽깽이 다리를 하고 나타나면 숨바꼭질은 끝난다. 엄마의 부름에 친구들이 하나둘씩 집으로 돌아가고 그 자리엔 퀭한 어둠이 내려온다.

2장

울퉁불퉁 나의 유년기

따르릉 따르릉 비켜나세요
자전거가 나갑니다 ♪♬

아부지

나의 아버지는 지나치게 엄격하시고 성격이 불같았다. 아침에 아무리 신나는 꿈을 꾸고 있더라도 아버지가 방 밖에서 "정희야"라고 부르면, 바로 "예" 하고 벌떡 일어나야 했다. 처음 불러서 반응이 없으면 다가오는 발소리도 커지고 목소리가 천둥소리 같은 울림 있는 목소리로 변한다. 천둥소리 뒤에는 벼락이 따라오기 마련, 그 전에 일어나야 한다. 일어나는 즉시 세수하고 싸리 빗자루로 마당을 깨끗이 쓸어야 했다. 특히, 눈 내린 날에는 학교 가기 전에 눈을 깨끗이 치워야 했다.

밥상이 차려지면 냉큼 와서 앉아야 했고, 아버지가 숟가락을 들 때까지 기다려야 했다. 방에 들어가기 전에 신발들을 가지런히 정리해야 하며, 방 안으로 들어갈 때는 문지방을 밟으면 안 되었다. 아버지가 말씀하실 때, 버릇없이 중간에 말 자르고 내 의견을 말하는 것, 감히 있을 수 없는 일이었다. 손님이 오시면 두 손을 앞으로 모으고 공손하게 인사하고, 뭘 먹고 나면 반드시 깨끗하게 치워야 했다.

학교 다녀오면 숙제부터 먼저 했다. 잠자기 전에 학교 가져갈 준비물과 내일 배울 책을 책 보따리에 싸 두어야 했고, 입고 갈 옷도 미리 정해두어야 했다.

난 이런 아버지가 너무 무서워서 감히 어리광 한번 부려보지 못했고 정감 넘치는 "아빠" 소리도 못했다.
꼭 아부지(아버지의 경상도 사투리)로 불러야 했다.

이런 보상 심리 때문인지 난 남편을 "아빠"라고 부른다.

너, 괜찮니?

부산에 사는 고종사촌 오빠가 놀러 왔다. 이층집에 살던 부자 고모네가 쫄딱 망했단다. 방학을 하게 되자, 입 하나 줄이려고 외가로 보냈단다. 외갓집인 우리 집에 온 오빠는 혼자 놀았다. 말이 없었다.

방에 들어가니 내 크레용으로 그림을 그리고 있었다.
"오빠, 그거 내 크레용인데."
그 말을 듣고 오빠가 방을 나갔다. 아니, 집을 나가버렸다. 저녁때가 되어도 돌아오지 않았다. 아버지가 오빠 못 봤냐고 물으시기에 상황을 말씀드렸다. 마당에 서 있는 나에게 성큼 다가오더니 발로 내 엉덩이를 걷어찼다. 눈물이 퍽 쏟아짐과 동시에 아랫도리가 뜨뜻해지더니 뜨거운 게

다리를 타고 흘러내렸다.

아버지 눈이 아래로 내려왔다.

그리고 이렇게 말씀하셨다.

"무슨 말을 못 해, 뻑하면 눈물부터 흘리니……."

오랜 시간이 흐른 후 난 이런 장면을 보게 되었다.

컵을 깨뜨린 아들에게, 금발머리 엄마 왈

"괜찮니? 다친 데 없니?"

내 눈에서 눈물이 폭포수처럼 쏟아졌다. 가슴이 먹먹해서

꺼억꺼억 소리가 나도록 울었다. 나의 아버지가 떠올랐다.

'조심성이 그렇게 없어서……. 깨끗하게 치워.'

이렇게 말씀하셨을 것 같다.

이런 차이는 뭘까?

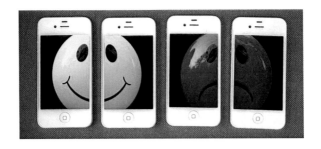

그리움 한 스푼

나는 바보

학교에서 사납기로 소문난 언니가 내 발을 밟았다.

실수가 아니라 고의로. 미안하다는 말이 없는 걸로 봐서 일부러 그런 것 같다.

속이 상했다.

아파서 속이 상했고 당당하게 따지지도 못하는 바보라서 속이 상했다. 얼굴이 벌게진 채로 콩닥거리는 가슴을 껴안고 속으로만 마구마구 욕을 했다.

잃어버릴 뻔한 동생

태풍의 영향으로 지금 비가 내린다.

비가 많이 내리는 날이면 그 어느 날의 국민학교 등굣길이 생각난다. 집에서 국민학교까지는 10살짜리 걸음으로 40분 정도 소요된다.

비가 엄청 많이 와서 냇가 물이 황토색이 되어 깊이를 가늠할 수 없다. 한 손엔 우산을 들고 다른 손으로 동생 손을 잡고 냇가를 건너는 도중에 발이 쓰윽 미끄러지면서 동생 손을 놓쳤다. 둥둥 떠내려가는 동생 입이 크게 벌어졌다.

그날 우산은 잃어버렸고 동생은 지금 손자를 둔 할매가 되었다.

그리움 한 스푼

개와 뜀박질

지금도 그렇지만 난 멍멍이 개가 정말 무섭다.

특히 으르렁거리는 소리를 들으면 소름이 돋을 정도이다. 정확히 국민학교 몇 학년 때인지는 모르겠으나 귀갓길에 동네 초입에서 시커먼 개를 만났다.

농촌이라 논과 밭(시골 깡촌 출신이다)이 길 옆에 있었는데하필 그놈의 개가 나를 노려보고 '으르렁' 소리를 냈다. 난그 소리가 무서워 죽을힘을 다해 뛰었다.

논을 가로질러 달리다가 길로 올라오고 또 논으로 들어가고를 반복하면서. 뒤돌아보면 그놈도 전력 질주하고 있었다. 겨우 집에 다다랐을 때 사색이 된 나를 보고 아버지가 무슨 일이냐고 묻는데 숨이 찬 나는 "어어어어어" 소리만 반복했다.

나중에 알았다. 개는 달리는 사람이 있으면 무조건 그 사
람을 따라 뛴다는 것을······.

그래서 난 지금도 개를 보면 그 자리에 비켜 서 있거나
거리를 두고 몸을 움찔하고 지나간다.

그리움 한 스푼

돈 벌기

나는 어렸을 때부터 경제활동을 했다. 돈을 벌었다는 뜻이다.

무엇을 해서? 아카시아 씨와 잔디 씨를 훑어 모아서. 박정희 대통령 때 산림녹화 작업의 일환이었다고 기억된다. 일제 강점기와 6.25 전쟁을 겪으면서 국토가 황폐해지자, 정부가 앞장서서 온 국민이 나무를 심고 가꾸도록 한 것이다. 헐벗은 곳에 잔디와 아카시아 나무를 심어 푸른 강산을 만들고자 했던 것 같다. 잔디는 잘 번지고 재생력이 좋으며, 아카시아는 다른 나무에 비해 성장 속도가 빠르니 속전속결로 성과를 내기에 안성맞춤이었다.

우리 집에서 가까운 거리에 조상님들의 단체 무덤이 있

다. 무덤을 만든 후에 봉분과 그 주변에 잔디를 심는다. 세월이 지나면 잘 자란 잔디 씨가 바람에 날려 주변에 급속히 퍼져나간다. 그러다 보니 무덤 주위가 잔디밭이다. 잔디 씨가 매달린 줄기 길이가 5cm 정도 되려나? 줄기 끝부분에 작은 잔디 씨가 여러 개 붙어있다. 그것을 엄지손톱과 검지손톱을 맞닿게 해서 훑었다. 지금은 잔디 씨가 까만색이었는지 약간 누런색이었는지도 기억에 남아 있지 않지만 그것을 한 됫박이나 훑어 팔았다. 잔디 씨 크기가 우리가 먹는 참깨보다 작았으니 아주 오랫동안 그 작업을 했던 것 같다.

그리고 동네 끝자락에 서 있는 아카시아 나무란 나무는 죄다 찾아가서 씨를 파냈다. 아카시아 씨는 콩깍지처럼 생긴 모양 안에 들어 있기에 깍지를 반으로 가르고 씨를 빼내야만 한다. 그것도 한 됫박이나 모아 팔았다. 얼마에 팔았는지 어떻게 팔았는지 팔아서 무엇을 했는지는 기억에 없으나 햇빛 아래 쪼그리고 앉아서 경제활동을 한 것만은 선명하다.

난 왜 그렇게 억척스러웠을까?

자전거 배우기

아버지가 출타하셨다. 나는 아버지 자전거를 조심스레 마당으로 내려놓았다. 자전거가 내 키에 비해 너무 높다. 의자에 앉으면 페달이 두 발에 닿지 않는다. 발이 페달에 닿게 하려면 왼발은 왼쪽 페달에 고정하고, 오른쪽 발은 의자 밑으로 넣어 반대편 오른쪽 페달에 올려야한다. 엉거주춤한 자세로 핸들을 잡고 페달을 돌린다. 자전거가 술 취한 것처럼 비틀비틀 불안하게 움직인다. 움직인다는 게 너무 신기하다. 우리 동네 친구들은 이런 방법으로 아버지 자전거를 탔다.

며칠 후, 자전거 탈 기회가 다시 찾아왔다. 자전거 의자 위로 올라가 앉았다. 동생 숙이가 자전거가 움직이지 않도록 자전거 뒤쪽을 꽉 잡아주었다. 그렇게 해야만 내가 자전거 의자에 앉을 수 있었다.

의자에 앉아보니 자전거가 진짜 높다. 와락 겁이 났다. 숙이가 페달을 밟으라고 재촉을 하며 자전거를 밀었다. 페달이 돌아가면서 오른쪽 발에 페달이 닿았다.

오른쪽 페달을 얼결에 힘차게 밀었더니 잠시 후 왼쪽 발에 페달이 닿았다. 또 힘차게 굴렸다. 페달이 오른발에 닿았다가 잠시 후 왼발에 닿았다. 페달이 발에 닿을 때마다 힘차게 굴렸다. 어른 자전거를 어린아이가 타니까 두 발이 동시에 페달에 닿지 않아서 한 쪽 페달을 굴리고 잠시 기다렸다가 다른 쪽 페달이 발에 닿으면 굴리는 방법으로 자전거를 탔다.

고향 집에 방치되어 있는 자전거

그리움 한 스푼

다음날 집 밖으로 자전거를 끌고 나갔다. 숙이가 자전거 뒤를 잡아주었다. 자신 있게 한 쪽씩 페달을 굴렀다. 자전거가 빠른 속도로 앞으로 나아간다. 신이 난다. 자전거로 달린다는 것이 달리기 대회에서 일 등을 한 것처럼 멋지다.

"야~호, 야~호, 야~호."

새로운 세상이다. 그러나 잠시 후에 새로운 세상은 끝났다. "어어어~." 하다가 미나리꽝(미나리 밭)으로 쑤셔 박았다. 미나리가 처참한 몰골로 몸을 뒤틀었고 내 옷과 얼굴은 머드팩을 한 듯 진흙으로 뒤덮였고 자전거는 꺼먼색으로 염색이 되었다. 숙이가 자전거 잡고 있던 손을 놓아버린 것이다. 혼자서도 탈 수 있을 거라 생각하고.

그 후로

몇 번을 더 넘어지고

자전거 줄도 벗겨지고

얼굴에 상처도 나고

"어어어~" 소리도 엄청 지르고.

여러 가지 역경을 거친 후, 난 자전거를 탈 수 있게 되었다.

휘파람도 불고

두 다리도 앞으로 죽 뻗어 올리고

가끔씩 핸들도 한 손으로만 잡고
그렇게 새로운 세상과 오래 함께 했다.

잊을 수 없는 그 맛

학교에서 집으로 돌아오는 길에 비가 주룩주룩 내렸다. 걸어도 뛰어도 비가 내 몸을 계속 때렸다.

뛰다가 걷고 걷다가 뛰고.

집에 들어서는데 라면 향기가 내 코를 쥐어뜯는다. 냄새가 아니라 까무러칠 것 같은 향기가. 한 젓가락 휙 감아 후우 불었다. 입안에서 라면이 춤을 춘다. 꼬들꼬들한 면발, 시원한 국물. 지금도 비 맞은 그 날, 그 라면 맛을 잊을 수 없다.

감

내가 감을 즐겨 먹지 않는 이유가 3가지 있다.

첫째는 감을 많이 먹고 변비에 걸려서, 목에 핏줄이 돋도록 안간힘을 써도 겨우 토끼 똥만 한 크기가 배출되었기 때문이다.

둘째는 논에서 일하시는 아버지 새참으로 홍시를 가져갔는데 논에는 물이 그득하고 아버지는 멀리 계셔서 "아버지, 홍시 잡수세요." 소리치면서 던졌는데 그 홍시가 논바닥에 떨어져 논이 홍시를 먹어 버려 아버지께 혼이 났기 때문이다.

셋째는 나무 높이 매달린 맛난 홍시를 새가 쪼아먹는 모습을 보고 '난 왜 날지 못할까?'라는 생각으로 나 자신을 미워했기 때문이다.

처음 본 영화

버스 종점 부근에서 영화를 상영한다고 한다.

영화? 한 번도 본 적이 없다. 저녁을 먹고 뛰다시피 가보니 큰 천막이 쳐 있었다. 깜깜해지자 천막을 스크린 삼아 영화가 시작되었다. 남자 얼굴이 큼직하게 화면에 나타났다. 사람 얼굴이 너무 커서 나도 모르게 몸이 움찔 뒤로 물러났다. 목소리도 너무 컸다.

여자도 얼굴이 컸는데 목소리는 간드러졌다. 저런 목소리와 저런 몸짓은 엄마는 물론 우리 동네 아지매들에게서 단 한 번도 본 적 없다. 농사꾼이라고 볼 수 없는 화면 속 여자가 밭에서 일하다가 힘들다는 듯 손으로 이마를 쓸어올렸다. 잘생긴 남자가 밭으로 찾아와서 여자 손을 잡았다. 그때 어떤 아재가 소리쳤다.

"그리고 일은 언제 하냐?"

"일 났네, 일 났어." 등등.

사람들이 킥킥대며 웃었다. 한참 재미있게 보고 있는데 갑자기 화면에 세로로 줄이 그어지더니 '지직지직' '번쩍번쩍' 하더니 화면이 가버렸다. 잠시 후에 다시 화면이 나타났다. 그리고 다시 화면에 줄이 나타나고 '지직지직' 하더니 또 사라졌다. 모인 사람들이 "에이, 뭐냐, 와 이라노." 소리를 여러 번 반복했다.

그날 밤 영화가 어디까지 상영되었는지 기억에 없다. 다만 영화 속에 나오는 사람들은 우리 동네 어른들이랑 많이 달랐다. 목소리도 몸짓도 말투도.

내 생애 처음으로 본 그 영화. 내용을 더듬어 짜깁기해보니 '상록수'가 아니었나 싶다.

요술쟁이 미역

저녁때가 되었는데 할머니도 엄마도 집에 돌아오시지 않는다. 저녁밥을 지어야 하는데…….

찬장을 열어보니 미역이 있다. 물에 담갔다. 엄마가 하는 것을 봤으니 그대로 하면 되겠지! 쌀도 한 됫박 퍼 와서 북북 문질러 씻었다. 쌀뜨물을 바가지에 담았다. 씻은 쌀을 솥에 붓고 엄지손가락이 푹 잠길 정도로 물을 부었다. 아궁이에 불을 지폈다.

이제 미역국을 끓일 차례다. 마늘 한 통을 까서 도마 위에 놓고 콩콩 찧었다. 국간장도 장독대에서 퍼 왔다. 어라! 이게 어떻게 된 일인가? 아까 물에 담가 놓은 미역이 어찌된 영문인지 방탱이에 가득하다. 이렇게 많이 담그지 않았는데…….

잔치를 벌여도 될 만큼 양이 엄청 많아졌다.

'귀신이 왔다 갔나?'

이런 경우를 두고 귀신이 곡할 노릇이라고 하나 보다.

미역을 씻어 손안에 넣고 두 손으로 물기를 꼬옥 짰다. 손가락 사이로 물이 줄줄 흘러내린다. 솥에 기름 붓고 미역 넣고 국간장 넣고 마늘 넣고 손으로 조물조물 버무렸다. 쌀 뜨물을 붓고 아궁이에 불을 지폈다. 미역국이 한 솥 가득하다. 그날 저녁 우리 식구들은 미역국을 배 터지게 먹었다.

라디오, 마루치 아라치

나는 어릴 적에 라디오를 끼고 살았다.

아니, 라디오를 너무 좋아해서 껴안고 살았다는 표현이 더 정확하다. 밭 매러 갈 때도 라디오를 애완견처럼 소중하게 안고 갔다. 밭이랑 저만치에 라디오를 놓고 볼륨을 높였다. 라디오 있는 자리까지 도착하면 또 라디오를 안고 밭이랑 끝으로 옮기고. 그러길 반복하며 라디오를 들었다. 소여물을 끓일 때도 외양간 문 앞에 라디오를 가져다 놓고 들었다. 임국희 아나운서도 알게 되고, 대중가요도 듣게 되고, 라디오 연속극도 기다리게 되었다. 내가 즐겨 들었던 라디오 연속극은 '태권동자 마루치'였다. 먼 옛날 까마득한 옛날이라 시간은 정확하지 않지만, 오후 4시 50분 아니면 5시 50분이었으리라. 10분이 지나면 끝을 알리는 음악이 나오는데, 그 음악이 나오면 화가 났다.

왜 늘 사람 긴장하게 해놓고 끝내는지.

마루치 아라치는 다치지는 않았는지.

파란 해골 13호는 왜 안 죽는지.

왜 하루에 끝내지 않고 늘 내일을 기다리게 하는지.

지금도 주인공인 마루치 목소리를 들으면 알아맞힐 수 있을 것 같다. 발음이 분명하고 맑으면서 힘 있고 조금 빠른 말투의 태권 동자 마루치. 비슷한 말투의 여자 어린이 아라치. 그리고 그 둘을 괴롭히는 파란 해골 13호. 13호는 소름이 확 돋는 공포감을 주는 목소리와 기괴한 웃음소리로 악당의 표본이었고, 13호의 부하 팔라팔라는 군기가 팍 들어간 신참 목소리였다.

웃기는 이야기이지만 난 그때 해골 색깔이 파란색인 줄 알았다. 라디오 연속극 '태권동자 마루치'의 주인공인 마루

그리움 한 스푼

치 아라치를 내가 얼마나 좋아했는지…….

　마루치와 아라치가 파란 해골 13호에게 당하는 내용이 나오면 내 주먹이 불끈 쥐어지기도 하고, 아궁이에 불 지피고 있는 부지깽이로 땔감을 후려치기도 했다.

　"이 나쁜 놈"이라고 욕도 하고.

　지금도 태권동자 마루치의 노랫말은 선명하게 기억한다. 그리고 가사 하나 틀리지 않고 부를 수 있다.

　　　　"달려라 마루치, 날아라 아라치

　　　　마루치 아라치 마루치 아라치

　　　　　　　야　　　야

　　　　태권동자 마루치, 정의의 주먹에

　　　　파란 해골 13호, 납작코가 되었네."

처음 알게 된 영어

1975년 2월 7일 국민학교를 졸업했다. 3월이면 중학교에 입학한다. 중학교에서는 국민학교 때와 달리 교복을 입는다. 하얀색 칼라가 달린 멋진 교복을. 그리고 수준 높은 공부를 한단다. 그 수준 높은 공부가 바로 미국인이 사용하는 영어라는 외국어란다. 영어는 한글의 기역, 니은, 디귿처럼 알파벳이라는 게 있단다. A에서 Z까지.

우리 동네 공부 잘하는 중학생 언니 경자를 찾아갔다. 언니가 공책에 알파벳을 적는 순간순간, 내 눈은 언니의 손을 열심히 따라갔다. 알파벳을 적고 소리 내서 읽고 한글로 에이, 비, 씨라고 적어줬다. 팔짝팔짝 뛰면서 집으로 돌아왔다. 우리나라 말이 아닌 다른 나라 말을 배운다는 게 신이 났다. 글자가 너무 이뻤다. 알파벳을 쓰면서 동시에 "에이"

라고 소리 내어 읽었다. 대문자 A부터 Z까지 머릿속에 저장했다.

저녁을 먹고 텔레비전을 보는데 TV 화면에 알파벳이 큼직하게 나타났다. OB. 내가 외운 알파벳이다. 나도 모르게 내 입에서 소리가 나왔다. "오 비"라고. 내가 "오 비"라고 읽는 그 순간에 TV에서도 똑같이 "오 비"라고 소리 냈다. 드디어 내가 알파벳을 정확하게 읽어냈다. 나는 환호했다. 만세를 불렀다. 내가 이 세상에 태어나서 처음으로 터득한 영어 단어(?)는 'OB, 오 비 맥주(OB맥주)'였다.

1호 보물 하모니카

어렸을 때부터 난 노래 부르는 것을 아주 좋아했다.

학교에서 배우는 동요 외에 라디오에서 흘러나오는 유행
가 즉 대중가요도 즐겨 불렀다.

노랫말을 외우려고 유행가가 흘러나오면 귀를 쫑긋 세우고 가사를 재빨리 휘갈겨 적었다. 노래 가사 따라 적기가 취미라고 할 정도로 나날이 글씨 쓰는 속도가 빨라졌다. 지금도 최헌의 '오동잎', 윤향기의 '장미빛 스카프', 박경애의 '곡예사의 첫사랑', 송창식의 '왜 불러'는 나의 애창곡이다. 노래를 즐겨 부르다 보니 자연스럽게 연습이 되어서인지 노래를 잘 부른다.

국민학교 3학년 때 단 한 명 뽑는 우리 학교 대표로 뽑혀서 관내 국민학생 노래 경연 대회에 참가했다. '닐니리 닐니리 풀피리 소리,

멀리서 들리는 풀피리 소리~~'와 '올해도 과꽃이 피었습니다. 꽃밭 가득 예쁘게 피었습니다.~~'라는 노래를 불렀다. 한 곡은 지정곡이었고, 한 곡은 자유곡이었던 것 같다. 그때 난 두루마리 크기의 큰 상장과 함께 부상으로 하모니카를 받았다.

하모니카 상자를 열 때마다 반짝반짝 빛나는 은빛 악기가 나를 으쓱하게 만들었다. 그 하모니카는 나의 1호 보물이 되었다.

3장

그리운 그때 우리 가족은

꼬부랑 할머니가 꼬부랑 고갯길을
꼬부랑 꼬부랑 넘어가고 있네 ♪♬

그리운 할머니

지금도 가끔 할머니가 생각난다. 사탕 먹을 때, 허리 굽은 할머니를 뵐 때, 야구선수들이 껌 씹는 것을 볼 때, 그리고, 음력 정월 대보름날에.

할머니는 5일마다 열리는 시골 장터에 다녀오시면 우리 형제들을 모아놓고 눈깔사탕을 나누어 주셨다. 할머니가 장에 가시는 날이면 우리는 하얀 바탕에 알록달록 줄이 그어진 사탕을 기다렸다. 그게 얼마나 맛있던지 그 맛을 오래오래 느끼기 위해 입 안에 넣고 천천히 돌려가면서 빨아먹었다. 오른쪽 볼이 볼록 튀어나왔다가 잠시 틈을 두고 왼쪽 볼이 볼록 튀어나왔다. 먹고 나면 혀가 고추처럼 빨개지기도 하고 하늘처럼 파래지기도 했다. 그러던 할머니가 어느 순간에 허리가 구부러져서 꼬부랑 할머니가 되었는데 오르막을 올라갈 때는 중간에 서서 허리를 펴고, 잠깐 멈추어 서곤 하셨다. "꼬부랑 할머니가 꼬부랑 고갯길을~~~"이라는 노래가 있었던 것으로 보아 허리 굽은 할머니들이 많았던 것 같다. 마음씨 좋은 정겨운 나의 할머니 별명은 '미군'이었다. 늘 입에 뭔가를 넣고 우물우물 씹으시는 모습을 미군이 껌 씹는 것에 빗대어 붙인 별명이었다. 야구 경기를 보면 껌 씹는 선수들이 종종 있다. 그 모습이 나에게 할머니를 떠올리게 한다. 또 하나, 할머니가 그리운 날은 음력 정월 대보름날이다. 이날 할머니는 부엌에 먹을 것을 한 상차려놓고 두 손을 맞대어 빌면서 기도를 하셨다. 미리 준비한 직사각형의 창호지에 불을 붙여 공중에 날리면서 식구 한 사람 한 사람 생일과 이름을 말하고 그 사람에 맞는 희망을 소리 내어 말씀하셨다. 나에 대한 기도는 늘 이랬다.

"비나이다. 비나이다. 우리 정희, 학교에 가서 선상님이 한 개를 갈치면 둘을 알아듣고, 둘을 가르치면 니 개를 알아듣는 똑똑한 아이로 커기를 비나이다."

할머니의 기도 덕에 난 똑똑한 아이로 자라 선생님이 되었다. 그리고 할머니는 내가 교사가 된 그해 여름. 하늘나라로 가셨다.

감나무 감은 누구꺼?

우리 집 넓은 마당에는 큰 감나무가 두 그루 있다. 한 그루
는 뒷집 담 가까이에, 또 하나는 앞집 담 가까이에 있다. 나
무들이 워낙 커서 감나무 가지들이 뒷집, 앞집으로 넘어가
있다. 앞집에는 동생 미미랑 동갑내기 머스마가 있었는데
아주 짓궂었다. 그놈이 우리 감나무 감을 자주 따 먹었다.
어떻게 아냐고?

시골집 담이라는 것이 이름만 담이지 나지막해서 발뒤꿈
치 들면 다 보인다. 말 잘하는 미미가 딱 그 광경을 목격하
고 둘이서 말싸움이 붙었다.

미미 왈 "야, 너 왜 우리 감을 따 먹어?"

그놈 왈 "우리 집 안에 있으니까 우리 감이야."

미미 왈 "감나무 뿌리가 우리 집에 있으니까

우리 감이야."

그놈 왈 "가지가 우리 집에 있으니까 우리 감이야."

미미 왈 "네가 우리 집에 놀러 오면 우리 엄마 아들이냐? 뿌리가 우리 집에 있잖아, 이게 죽을려고."

그놈이 더 말을 못 하고 깨갱 꼬리를 접는다. 여기까지 1차전이다.

다음 날 그놈이 또 우리 감을 따자 미미가 한판 뜨려고 담 위로 올라갔다. 그놈이 후다닥 뛰어가더니 바가지에 물을 담아 와서 미미에게 휙 뿌렸다. 깜짝 놀란 미미가 담에서 미끄러졌는데 하필 쇠스랑(삼지창처럼 생긴 농기구) 옆으로 발이 닿아 살이 찢기고 피가 났다. 설상가상, 엎친 데 덮친 격이다. 감 도둑맞고 몸 다치고. 운수 나쁜 날이었다.

그리움 한 스푼

한 집안

내가 국민학교 다니던 그 시절엔 가정방문이란 제도가 있었다. 담임 선생님께서 학부모께 학생의 학교생활에 대하여 말씀드리고 가정생활도 들어보면서 학생 지도에 도움이 되고자 한 것 같다. 3학년 때 담임 선생님 성함은 이○선 선생님이었다. 귀한 손님이 오시면 준비하는 사이다를 앞에 놓고 아버지는 미혼인 여선생님과 함께 공손하게 대화를 이어가셨다. 그 당시 선생님은 존경의 대상이어서 선생님 나이와 상관없이 어른으로 대접하였다. 대충 가정방문이 끝나는 분위기였는데 족보에 관심이 많으신 아버지께서 담임 선생님께 본관을 물으셨다. 본관에 관련된 이런저런 이야기 끝에 담임 선생님께서 어머니 성이 김가라고 하셨다. 아버지는 김가라는 말씀에 담임 선생님 어머니 본관까지 여쭙게 되었고 "김해"라는 대답을 듣는 순간 아버지의 눈빛이 빛났다.

지금부터는 아버지가 판세를 이끌고 갈 분위기였다. 학생의 가정생활에 대해 알아보기 위한 가정방문이 역으로 당신 가정의 족보에 대해 대답을 해야 하는 형국으로 바뀌어버렸다.

전세 역전.

파는 어디며, 몇 대손이며, 항렬은 어떻게 되시냐를 물으시더니 "한 집안이네." 하셨다. 오늘의 결론은 가정 방문한 딸의 담임 선생님과 우리가 '한 집안'이라는 거였다. 아버지는 면사무소 직원마냥 호구조사를 하셨다. 그날 가정방문은 우리 집이 끝이었다. 아버지는 엄마께 빨리 선생님 진지를 지으라고 말씀하셨고 사양하는 선생님께 정성을 다해 저녁 진지를 대접했다.

다음 날 내 손에는 우리 집에서 기르는 채소 중 최상품이 (그 당시 시골에는 가게라는 게 없었다) 쥐어졌다. 학교 옆에 엄마랑 단둘이 살고 계시는 선생님 댁을 방문해 채소를 전달했다. 때로는 콩을, 때로는 감자 고구마를, 때로는 누군가 가져온 값비싼 과일을.

난 쿠팡 소녀 역할을 신나게 했다.

천황 할머니께 팔린 내 동생

내 동생 미미는 어렸을 때 잔병치레를 자주 했다. 엄마는 가슴이 콩알만 해지는 경우를 자주 겪다 보니 저 아이가 혹여나 잘못되는 것은 아닌지 걱정이 되었다. 그러던 차에 인근 마을에 사는 천황 할머니에 대해 듣게 되었는데 그 할머니께 팔린 사람들이 할머니의 기도발을 받아서 병도 낫고 하는 일도 잘 된다는 것이었다. 귀가 솔깃해진 엄마는 할머니와 함께 쌀 한 자루를 들고 가서 천황 할머니께 미미를 팔았다.

잠깐,

딸을 판다는 말이 그 할머니께 넘겼다는 것은 아니다. 천황 할머니께서 기도를 열심히 해주셔서 미미가 무탈하게 자랄 수 있도록 도와주십사 부탁하는 것이다. 미미는 여전히 우리 집에서 엄마가 해주는 밥 먹고 우리랑 같이 자고.

어쨌든 무슨 때만 되면 엄마는 천황 할머니께 추수한 햇곡식을 갖다 바쳤고 떡도 지극정성으로 해서 드리기도 했다.

그런데, 엄마 친구들로부터 말 잘한다고 소문난 미미가 의문이 생긴 것이다.

나를 산 천황 할머니가 우리에게 뭔가를 줘야 하는데 왜 거꾸로 우리가 그 할머니께 가져다 주냐고? 엄마가 미미에게 열심히 설명했다. 그게 네가 아프지 않고 건강하게 자라기를 비는 할머니의 기도에 대한 기도 값이라고.

어찌 되었든 미미는 큰일 당하지 않고 살아남았으니

천황 할머니의 기도발이라고 해야 할까?

물고기 튀김

내 고향 대양 1동은 김가 집성촌으로 100% 농사를 짓고 있다. 농부들에게는 비 오는 날이 휴일이다. 동네 가운데에 큰 연못이 있는데, 아버지는 비 오는 날이면 김삿갓으로 변신해 낚시를 가셨다. 손바닥만 한 물고기를 잡아 오시면 엄마는 내장을 빼고 밀가루에 고추장을 풀어 물고기 튀김을 하셨다. 온 집안에 튀김 냄새가 퍼지면 코가 벌렁거리고 침이 꼴깍꼴깍 넘어갔다. 비 오는 날 즉석 물고기 튀김을 먹어보시라! 얼마나 징하게 맛나는지. 그 맛에 놀라 까무러치고 2m 뛰어오를 거다.

호빵

나는 3녀 2남 중 맏이다. 딸 딸 딸 셋을 내리 낳고 엄마는 속이 상하셨단다. 셋째 딸을 낳고 새끼줄에 숯 꽂은 금줄을 걸었는데 거지가 집 안으로 들어오는 바람에 화가 난 아버지가 금줄을 걷어버렸다고 한다.

그런데, 그 셋째 딸이 복덩이다. 왜냐고?

넷째 아이가 아들이었기 때문이다. 예로부터 딸 여럿을 낳고 밑에 아들을 낳으면 바로 위 딸을 남동생을 보게 한 복덩이라고 불렀다. 우리 집 대를 이어갈 그 아들은 태어날 때 울음소리가 우렁차고 몸이 통통하여 장차 장군감이라고 부모님은 물론 조부모님, 증조할머니까지 모두 남동생에 열광하였다. 좀 더 정확하게 말하면 고추에 열광했다고 하

그리움 한 스푼

는 것이 맞는 표현이다.

어이쿠, 그런데, 그 남동생이 돌잔치 후에 턱 근처에 콩만 한 종기가 생기더니 벌겋게 부어 올라서 고름이 나오기 시작했다. 엄마는 남동생을 업고 용하다는 병원을 찾아다녔으나 낫지 않았다. 애처롭고 불쌍하다고 여긴 엄마(이때 흘린 눈물이 바다만큼이라고 한다)는 남동생이 먹고 싶다는 것을 다 사서 먹였다. 그중에서 호빵에 대한 기억은 선명하게 나의 뇌리에 남아 있다. 호빵을 사 오신 엄마가 한 개를 따뜻하게 데워서 왼손에서 오른손으로 번갈아 옮기다가 먹기 좋게 식었다고 생각하면 반으로 가르는데, 그 사이로 김이 모락모락 피어오르고 먹음직한 찐득한 팥이 보이면 나의 시각, 후각, 미각이 총동원되어 춤을 춘다. 그렇게 갈라진 호빵은 한입 크기로 찢어져 남동생 입으로 들어간다. 마지막 다 들어갈 때까지 난 투명 인간이다.

난 가끔 호빵을 사 먹는데 그때마다 뜨거운 호빵을 왼손 오른손으로 옮기다가 적당히 식으면 반으로 갈라 코를 들이밀고 냄새를 맡은 후 눈을 쓰윽 감고 천천히 꼬옥꼬옥 씹어먹는다.

개떡

아버지께서 개떡(술빵의 경상도 말)이 생각나신단다. 드시고 싶단 말씀이다. 엄마는 큰 방탱이에 밀가루를 쏟고 막걸리 와 소다, 사카린 녹인 물을 넣어 조물조물해서 따뜻한 아 랫목에 놓고 안 쓰는 이불을 덮어둔다. 시간이 흘러 밀가 루 반죽을 손으로 잡아당기면 가느다란 수십 개의 실이 동 시에 딸려 나오는 것 같은 상태가 된다. 그 상태가 되면 빵 을 쪄도 된다. 솥 안에 원기둥 모양의 나무 도구(경상도 말로 얼그미라고 한다)를 놓고 둥근 채반을 얹고 그 위에 삼베 천 을 깐다. 삼베 천에 밀가루 반죽을 올린다. 미리 그릇에 물 을 받아놓고 연신 손에 물을 묻혀 밀가루 반죽을 평평하게 펼친다. 불린 콩을 위에 듬성듬성 눌러 박은 후에 솥뚜껑을 덮고 불을 땐다. 이때부터 시간이 천천히 흐른다. 머릿속에는 이미 완성된 개떡이 돌아다니고 나는 똥 마려운 개처럼 안절부절못하며 부지깽이를 내리친다. 내 입에서는 나도 모르게 빠른 박자의 노래가 흘러나온다. 갈수록 노래가 빨라진다.

"빨리빨리 부풀어라, 빨리빨리 익어라.

빨리빨리 부풀어라, 빨리빨리 익어라."

노랫소리에 응답하듯 하얀 김이 솥뚜껑 밖으로 삐져나온다. 구수한 냄새가 내 코를 자극한다. 엄마가 행주로 솥뚜껑 손잡이를 감싸 들어 올리자, 솥 안에서 하얀 김이 일어서 나온다. 엄마 얼굴이 피어오르는 김 속으로 잠시 사라졌다 다시 나타난다. 나도 벌떡 일어나 얼굴을 김 속으로 들이민다. 보인다, 보여. 봉긋하게 부풀어 오른 개떡이.

솥 안에 커질 대로 커진 콩을 감싸 안은 먹음직스러운 개떡이 가득하다. 그것이 입안에 침 고이게 하는 우리의 맛난 간식 개떡이었다. 아버지의 소망과 엄마의 수고로 우리 식구들은 맛있는 개떡을 자주 먹었다.

풀빵

아버지는 식사량이 밥공기 반도 되지 않았다. 소식하다 보니 간식을 자주 드셨다. 당신 자식들보다 간식을 더 자주 더 많이 드셨다. 주로 밀가루로 만든 빵이었다. 개떡, 부꾸미, 풀빵 등이었다. 풀빵틀은 직접 사 오셨다.

왜 풀빵이라고 이름 지어졌는지 알 수 없지만, 국화꽃 모양의 빵이다. 이 빵틀은 가로 4개, 세로 3개로 한 판에 12개가 구워진다. 엄마가 밀가루에 물을 많이 부어 아주 묽게 반죽한다. 줄줄 흘러내릴 수 있도록. 완성된 반죽을 노란 양은 주전자로 옮겨 붓는다. 팥은 진즉에 푹 삶아서 사카린을 넣고 달달하게 으깨어놓았다. 사기그릇에 식용유를 따르고 막대기에 헝겊을 꽁꽁 싸매놨다. 기름 바르는 용도로 사용하려고.

풀빵 구울 준비가 끝났다. 큰 시멘트 벽돌 2개를 마주 보게 놓고 그 위에 빵틀을 걸쳤다. 불을 때서 빵틀을 달군다. 헝겊을 싸맨 막대기를 식용유 그릇에 살짝 담가 빵틀 구석구석을 꼼꼼하게 닦아낸다. 국화 모양 안에 반죽을 붓고 팥앙꼬(당시에는 팥소를 이렇게 불렀다)를 숟가락으로 똑 떠 넣고 그 위에 다시 반죽을 부어 앙꼬를 덮어버린다. 색이 노릇노릇해지면 송곳처럼 생긴 것으로 풀빵 가장자리를 콕 찍어 올려 뒤집는다. 잠시 후 몽글몽글하게 익은 풀빵을 꺼낸다.

막 구워낸 풀빵을 먹는 스타일이 우리 세 자매는 다 다르다. 셋째 미미는 손에 쥐고 가장자리부터 한 입 한 입 베어 물어 허물어뜨린다. 야금야금 먹어 들어가는 게 밤 까는 다람쥐 같다. 둘째 숙이는 따끈따끈한 풀빵을 통째로 입에 톡 털어 넣었다가 입안에서 한번 굴리고 손바닥 위에

뱉어낸다.

"앗! 뜨거워, 앗! 뜨거워"를 되뇌면서.

난 빵을 받자마자 왼손 오른손으로 번갈아 옮기면서 호호 분다. 그리고 입안으로 골인시켜서 이쪽저쪽으로 패스하다가 크게 깨문다. 팥 앙꼬의 달싹한 맛이 입 안 가득 풍기고 내 입은 자동으로 오물오물거린다.

학교 갔다 집에 오는 길에 빵 굽는 냄새가 골목까지 풍겨나오면 발에 오토바이를 단 것처럼 한걸음에 날아오른다. 울 엄마 빵 굽는 솜씨는 다년간 익힌 노하우로 일류 제빵사같다. 오랫동안 우리 식구들의 간식인 풀빵을 제공해 준 그 빵틀은 고향 집에 보관되어 있다.

배추전

집집마다 고소한 냄새가 담 너머로 날아 들어온다.

추석 전날, 배추전 부치는 냄새다.

시멘트로 만든 직사각형의 입체 돌을 양쪽에 세우고 솥
뚜껑을 뒤집어서 걸친다. 산에서 긁어 온 마른 솔잎과 꿀밤
나뭇잎을 얼기설기 교차시켜 성냥을 그어 불을 붙인다. 작
은 불씨가 조금씩 커진다. 마른 나뭇가지를 위에 얹는다.
따닥따닥 나무들이 타들어 가고 솥뚜껑은 후끈 달아오른
다. 솥뚜껑 여기저기에 굵은 소금을 뿌리고 짚으로 쓰윽 쓰
윽 닦아낸다. 짚 부스러기가 군데군데 떨어져 있다. 입을
앞으로 쭉 내밀어 힘있게 불어 짚 부스러기들을 날려 보낸
다. 숟가락으로 넉넉하게 식용유를 끼얹고, 손에 쥐기 편하

게 조각한 무로 쓰윽 쓰윽 솥뚜껑에 기름칠한다. 솥뚜껑이 반들반들해지면 못난이 채소들을 얹어 솥뚜껑 전체를 유람 시킨다. 한동안 밥만 품던 솥뚜껑이 이제 전을 맞이할 준비를 마쳤다. 엄마가 은색 방탱이(큰 그릇이라고 생각하기)에 밀가루를 그득 부어 걸쭉하게 반죽한다. 배추 흰 줄기 부분을 칼 밑등으로 콩콩 눌러 찍어 평평하게 만들고, 동그랗게 썰어 익힌 무, 깨끗하게 다듬은 파, 얇게 썬 고구마 등을 광주리에 수북하게 쌓아둔다. 다 부친 전을 올릴 광주리도 하나 더 준비한다. 광주리의 얼기설기한 틈새로 전이 빠지지 않도록 손질한 볏짚을 촘촘히 얹는다.

달구어진 솥뚜껑 위에 무 조각으로 기름칠을 한 번 더하고 배추 서너 장을 일렬로 세운다. 걸쭉한 밀가루를 한 국자 떠서 배추 위와 그 주변에 끼얹는다. 자글자글 기름이 몸부림치고 하얗던 밀가루 색이 노릇노릇하게 변해간다. 뒤집개를 배추전 깊숙이 들이밀어 가볍게 뒤집고 손바닥으로 듬성듬성 누른 후 손가락을 모두 접어 둘째 마디로 조근조근 눌러준다. 그리고 준비해 둔 물에 쓰윽 물고기 지나가듯 손을 가볍게 스치고 손가락을 굽혔다 펴면 손도 씻기고 열기도 식는다. 그렇게 완성된 배추전은 광주리에 펴둔 짚 위로 안착한다. 조상님께 드릴 음식이라 우린 코가 벌렁거

그리움 한 스푼

리고 혀가 입천장에 닿아 침이 꼴깍 넘어가도 참는다. 그냥 엄마 옆에 쭈그리고 앉아 눈동자만 엄마 손을 따라 굴린다.

조상님 드실 전이 완성되면 우리가 먹을 전을 부친다. 기름도 넉넉히 배추도 넉넉히 얹어 아주 큰 넙데데한 배추전을 완성한다. 손으로 길게 찢어 입 안에 넣으면 혀가 빠르게 움직이고 너무 뜨겁고 맛있어 눈물이 찔끔 맺힌다.

높고 푸른 가을 하늘 아래 옹기종기 모여앉은 솥뚜껑 너머로 추석이 다가온다.

손칼국수의 꼬랑지

할머니가 칼국수를 만들고 있다. 왕골로 만든 돗자리를 깔고 도마를 올린다. 길고 큰 도마 위에 밀가루 반죽을 얹고 홍두깨로 민다. 반죽이 둥근 애호박을 반 갈라 놓은 것처럼 순식간에 모양이 바뀐다. 할머니 손이 움직일 때마다 반죽이 변신한다. 홍두깨로 밀면서 중간중간에 밀가루를 휘익 휘익 날린다.

홍두깨로 반죽을 둘둘 말아 한 번씩 쿵쿵 내리친다. 홍두깨로 밀고, 둘둘 말고, 밀가루 뿌리고, 퉁퉁 내리치고를 반복한다. 할머니 손이 움직일수록 밀가루 반죽 크기가 달라진다. 일정한 크기가 되면 둘둘 접어서 칼로 썰기 시작한다. 칼로 쓱싹쓱싹 썬 것을 손가락으로 집어 슬슬 흩뿌리니 가닥가닥 칼국수 모양이 된다. 내 눈이 할머니 손을 따라 움직인다.

내가 "그만" 소리치자 할머니가 손을 멈추고 넓적한 끝부분 꼬랑지(꼬리의 경상도 사투리)를 나에게 던진다. 그 꼬랑지를 들고 아궁이 앞으로 뛰어간다. 아궁이에 남아 있는 불씨들을 부지깽이로 끌어모은다. 그 위에 꼬랑지를 살짝 얹는다. 납작하던 꼬랑지가 빵빵하게 부풀어 오른다. 부풀 대로 부풀면 퍽 소리가 나고 구멍이 생긴다. 조심스럽게 꺼내서 꺼멓게 탄 부분을 손으로 뜯어 버리고 익은 부분을 먹는다. 맛이 담백하다. 난 칼국수보다 이 꼬랑지가 더 맛있다.

성인이 되어 인도 음식 '난'을 먹을 때 이 꼬랑지가 생각났다.

망에 걸린 꿩

"엄마, 이 찌개 진짜 맛있다."

"맞아, 엄마 오늘도 잡혔어?"

"그놈들 멍청한가?"

저녁을 먹으면서 한 마디씩 내뱉는다. 오늘 저녁 식사의 메인 메뉴에 관한 얘기다. 바로 꿩 요리이다.

몇 해 전에 아버지가 밭에 사과나무를 심으셨다. 벼농사만 지어서는 수지 타산이 안 맞는단다. 과일나무를 키워야 가정 경제가 나아질 것이라며 사과나무를 엄청 많이 심으셨다. 작년부터 사과가 달리기 시작했다. 딱딱하고 아주 달콤한 맛을 내는 연두색의 인도, 약간 누런색이면서 퍼석퍼석한 스타킹, 이 두 종류의 사과나무를 심으셨다. 미미는 스타킹을, 나는 인도를 좋아한다. 인도 사과를 하나 따서 옷에 쓱쓱 문질러 한입 베어 문다. 진짜 달싹하고 맛있다.

그런데 이 맛난 사과를 우리 식구들보다 먼저 쪼아먹는 놈들이 있었으니 다름 아닌 날개 달린 새들이었다. 사과가 상품이 되기도 전에 이것저것 가리지 않고 콕콕 쪼아대는 새들 때문에 아버지의 고민이 이만저만이 아니었다. 아버지는 궁리 끝에 사과나무 위로 넓은 망을 치기로 했다. 외삼촌들을 불러서 힘들게 망을 쳤다. 다음날부터 사과를 쪼아 먹으러 날아든 새들이 망에 걸리기 시작했다. 그중의 하나가 바로 꿩이었다. 사과를 쪼아 먹으려고 사뿐히 내려앉는 순간, 망에 걸리는 것이다. 엄마 말에 의하면 꿩은 성질이 아주 급하단다. 망에 걸리자마자 발버둥을 치다가 빠져나가지 못하고 이승을 하직하는 것이다. 그래서 우리는 영양가 높은 단백질을 섭취했고, 사과는 잘 자라서 우리 집 경제에 도움을 주었다.

달걀 속 달걀밥

"구구 구구 구구 구구."

모이를 마당에 뿌리며 닭들을 부른다. 마당 여기저기서 모이를 찾던 닭들이 총총걸음으로 내 주변에 몰려든다. 콕콕 모이를 찍어 먹느라 닭 부리가 바쁘게 움직인다. 이 닭들이 우리에게 영양가 높은 달걀을 선물한다.

난 지금 엄마 옆에서 빈 달걀을 기다리고 있다. 엄마가 젓가락으로 달걀 위를 콕콕 쳐서 아주 조그맣게 구멍을 내고 노른자와 흰자를 쏟아낸다. 난 그 빈 달걀을 두 손으로 건네받아, 불린 쌀을 그 속에 넣고 물을 부어 아궁이 앞으로 가져간다. 아궁이에 남아 있는 불기를 부지깽이로 끌어 모은다. 소복하게 끌어 모은 후 가운데 부분을 꾹꾹 눌러서 달걀을 세우고 넘어지지 않도록 주변을 북돋아 준다. 시간이 지나면 달걀 속에서 보글보글 끓는 소리가 난다. 물이 많으면 달걀 밖으로 흘러넘치기도 한다. 부엌을 들락날락하며 아궁이 속 달걀을 살핀다. 기다리는 시간이 여삼추이다. 코를 자극하는 냄새가 먹을 때가 된 것 같다. 조심스레 달걀을 꺼낸다. 껍질 속에 꼬들꼬들한 밥이 앉아 있다. 껍질을 벗긴다. 손이 뜨거워 연신 귓불을 만진다. 김이 모락모락 나는 달걀밥이 눈앞에 펼쳐 있다. 달걀을 이용해서 만든 일명 달걀밥이다. 입안에 침이 고이고 목젖이 '꿀꺽' 반응을 보인다. 조심스레 입안으로 밀어 넣으면 꼬들꼬들한 밥이 입안에서 이쪽저쪽으로 굴러다닌다. 엄마가 해주는 밥보다 더 맛나다.

나는 달걀밥 전문 요리사이다.

키 큰 이유

우리 세 자매 중 둘째가 가장 키가 크다. 키 크고 늘씬하고 얼굴도 개성 있어서 시니어 모델로도 손색없는 동생이다. 얘는 어렸을 때부터 먹는 것에 유독 집착이 강했다. 기억나는 두 가지 사건이 있다.

하나는 프리마 사건이다.

그때 우리 집에 왜 프리마가 있었을까? 커피가 없었으니 프리마가 필요 없었을 텐데. 여하튼, 어떤 연유로 둘째가 프리마를 맛보게 되었고 그 맛에 끌려 한 숟가락 두 숟가락 셀 수 없이 엄청나게 먹었단다. 학교 수업 중에 몸이 점점 굳어지는 것 같더니 어느 순간 자신도 모르게 정신을 잃고 교실 바닥에 쓰러졌단다. 그것이 프리마 영향이라고 꼭

집어서 증명할 길은 없으나 평상시와 다른 섭취물은 프리마였으니, 우리 세 자매는 그것을 프리마 사건이라 부른다. 아버지가 구루마(소달구지)를 끌고 학교에 오셨단다. 두꺼운 이불도 가져오시고. 둘째는 두꺼운 이불을 뒤집어쓰고 구루마 대절을 해서 집으로 왔다.

하나는 사과 사건이다.

밤실(지명)에 사시는 왕고모 할머니께서 어마어마하게 큰 과수원을 하고 계셨다. 사과가 우리 집으로 배달되었는데 둘째가 얼마나 많이 먹었는지 설사가 났다. 화장실 갈 시간이 촉박하여 방 안에 둔 요강에 볼일을 봤다. 밤새 자지도 못하고 요강 옆에 쪼그리고 앉아 있다가 신호가 오면, 요강에 걸터앉고 그러기를 반복했다. 우리 세 자매는 이것을 사과가 요강에 목욕한 사건이라 부른다.

많이 먹어서일까? 둘째가 키가 가장 큰 이유가?

모구

주말농장에 깻잎 따러 갔다가 모기에게 팔을 두 군데나 물렸다. 통증을 느낌과 동시에 붉게 부어올랐다.

 내 고향 시골, 그곳에는 모기가 천지삐까리(엄청 많다는 경상도 사투리)였다. 여름은 모기의 전성시대였다. 재래식 화장실에 쪼그리고 앉아 볼일 볼 때, 그놈은 정확히 먹잇감을 알고 엉덩이를 공격했다. 따끔한 느낌과 동시에 자동으로 엉덩이가 추켜 올려졌다. 밥 먹을 때도 호시탐탐 먹잇감을 노렸다가 잽싸게 날아와서 피를 뽑아 먹고 도망쳤다. 모기보다 몇만 배 덩치 큰 사람과 콧구멍 코털 크기만 한 모기와의 전쟁이 여기저기서 예고 없이 터졌다. 전쟁을 피하기 위해, 그리고 되도록 우리의 피해를 줄이기 위해 나름의 대책을 세웠다. 마당 한쪽에 나뭇가지로 불을 피우고 그 위에 덜 마른 풀을 얹어 매캐한 연기가 피어오르게 했다. 이 매캐한 연기가 모기를 도망가게 했다. 그리고 방에는 모기가 들어오지 못하게 모기장을 쳤다. 볼일이 있어 밖으로 나갈 때는 모기장 밑을 돌돌 말아 재빨리 걷어 올리고 눈 깜짝할 사이 머리 위로 넘겨서 순식간에 빠져나왔다. 유비무환이라고 몸 여기저기 손바닥으로 치기도 했다. 어쩌다가 따끔한 통증을 느낀 그 기막힌 타이밍에 정확한 위치로 손바닥을 내리치면 죽은 모기의 빨간 피가 내 손에 묻었다. 내 피를 빨아먹은 모기의 사체를 째려보면서 내 행동의 민첩함을 스스로 칭찬했다.

대학을 졸업하고 서울에서 살 게 되었는데 서울에 올라오시면 어머니께서는 매번 이렇게 말씀하셨다.

"서울엔 모구(모기의 사투리)가 없어 좋다."라고.

알코올 유전자

여동생 숙이가 몸을 비틀거리며 걸어오고 있다. 얼굴이 붉게 타는 저녁노을 같다. 눈꺼풀이 아래로 내려갔다 잠깐 머물고 다시 힘없이 위로 천천히 올라갔다.

동시에 고개가 왼쪽으로 5도 가량 기울었다 바로 섰다를 아주 유연하게 반복한다. "숙아" 이름을 부르니 대답을 하고 뭐라 입술은 달싹거리는데 말이 땅속으로 꺼져 들어간다. 숙이가 술을 먹고 취했나 보다.

저녁에 엄마에게 전후 사정을 듣게 되었다. 잔칫집에 엄마를 찾으러 간 숙이가 술지게미에 사카린을 넣어 달짝지근하게 만든 것을 먹고 취했다고 한다. 숙이랑 같이 간 성수도 취했단다. 우리 5남매 중 유일하게 술과 친한 애가 숙이다. 나머지 4명은 술을 마시면, 얼굴뿐만 아니라 몸 전체가 벌게진다. 가슴이 콩닥콩닥 뛰고 몸이 떨리기 시작한다. 머리도 빙글빙글 돈다. 우리 4남매는 술을 한 모금도 마시지 못하는 아버지를 닮았다. 작은아버지도 술을 한 모금도 못 마신다. 할아버지도 그렇다. 우리 4남매 몸에는 술 못마시는 아버지의 유전자가 그대로 박혀있나 보다.

엄마는 술을 좋아하고 잘 마신다. 외갓집 외삼촌들도 술을 잘 마신다. 외할아버지도 술을 좋아하신다. 엄마는 술을 마시면 기분이 말할 수 없이 좋아지고 힘이 난단다. 숙이도 술을 마시면 몸이 공중 부양한 것처럼 기분이 둥둥 떠다녀서 좋단다. 숙이 몸에는 술을 좋아하는 엄마 유전자가 콕 박혀있나 보다.

아버지의 준비성

울 아버지는 미리미리 준비하라는 것을 늘 강조하셨다. 서울 가는 기차표를 예매해놓으면 최소한 출발 1시간 전에 역에 도착하신다. 예매를 왜 하시는지 의문이 들지만, 아버지에게 '예매란 그런 것'이라고 인정을 해야 한다. 준비성이 얼마나 대단하신지 올림픽에 준비성이라는 종목이 있다면 그 종목이 생긴 이래로 계속 금메달을 목에 걸었을 것이다.

우리 형제는 5남매인데 딸 딸 딸 아들 아들이다.

셋째 딸과 막둥이는 7살 차이가 난다. 셋째가 국민학교를 졸업하면 막둥이가 국민학교에 입학해야 한다.

국민학교 입학 나이는 8살. 그런데, 아버지는 셋째를 아홉 살에 입학시키고 막둥이는 일곱 살에 입학시켰다. 누나가 일 년 동안 데리고 다니면서 학교생활에 잘 적응하도록 준비를 시켜야 한다는 것이었다. 막둥이 바로 위에 4살 더 많은 형이 있는데도 불구하고.

졸지에 셋째는 두 남동생의 등·하교 책임자로 임명된 것이다. 장남은 성격도 좋고 아버지 유전자를 그대로 물려받아 할 일은 미리 알아서 하는 편이다. 그래서 셋째가 특별한 신경을 쓰지 않아도 된다. 그런데, 막둥이는 우리 4남매랑 다른 유전자를 가지고 있다. 미리 준비하는 것보다 지금 내가 하고 싶은 것을 한다. 또 무슨 일이 생기면 그 자리에서 당장 그 일을 해결해야만 하는, 본인이 해결하지 못하면 다른 사람의 손을 빌려서라도 끝내 해결해야만 하는 성격의 소유자이다. 하교 후 집에 오면 자신이 하고픈 일을 한다. 친구들과 실컷 논다. 그리고 잠이 오면 잔다. 아침에 눈 뜨고 학교에 가야 한다는 사실을 인지하는 그 순간에 숙제가 있다는 게 생각난다. 머릿속에 쥐가 난다. 집을 나서면서부터 투덜거리기 시작한단다. "숙제 숙제 숙제를 해야 한다는 말이야."라고 앙탈을 부리면서. 셋째는 집이 멀어져 아버지 영향권에서 벗어나면 땅바닥에 공책을 펴놓고 숙제를 대신해주곤 했단다. 때로는 그림 숙제를 하지 않아서 땅바닥에 도화지를 놓고 그림 그리고 색칠까지 하는 수고를 감당하기도 했단다. 그러다 보면 등교 시간이 늦어져 막둥이 손을 잡고 학교까지 뛰어가고. 냇가도 업어서 건네주고.
아버지의 준비성에 셋째는 속 깊은 아이로 자랐고 막둥이
는 누나를 바람막이로 내세워 곤경을 피했다.

그리움 한 스푼

귀를 깨문 동생

여동생 숙이가 친구들과 고무줄놀이를 하고 있다.

발목에 걸쳐져 있던 고무줄은 점점 위로 올라가 허리를 둘렀다. 고무줄놀이는 주로 여자아이들이 많이 했다. 심술궂은 남자아이들이 고무줄놀이를 방해하곤 했는데 이는 또래 중에서 자신을 돋보이게 하려는 방법이기도 했다. 오늘도 여느 때와 같이 민수가 고무줄을 잘라 손에 감고는 싱긋이 웃으면서 도망갔다. 숙이가 두 살이나 위인 민수를 뒤쫓아가서 어깨를 잡자 민수는 반사적으로 얼굴을 돌렸다. 순간 숙이가 민수에게 덤벼들어 다짜고짜 귀를 깨물었다. 얼떨결에 당한 민수가 얼굴이 벌겋게 달아오르더니 숙이 얼굴을 향해 주먹을 던졌다. 민수는 귀에서 피가 흐르고 숙이는 코에서 피가 흘렀다. 민수 엄마가 흥분해서 우리 집으로 처들어왔다.

"무슨 가시내가 그리 독하냐?"

"아주 못돼 먹었다."

"귀 떨어졌으면 어쩔 뻔했냐?"라고 흥분해서 소리 소리 쳤다. 민수 엄마가 골목에서부터 큰소리 지르며 우리 집으로 한걸음에 들이닥치자 겁이 난 숙이는 어디론가 숨어버렸고, 민수 귀를 본 엄마는 자초지종을 알아보기도 전에 죄송하다고 사과부터 했다. 아이 싸움이 어른 싸움 될 뻔했다. 그 후로 민수는 숙이를 보면 발로 차는 시늉만 했을 뿐 가까이 다가오지 않았고, 고무줄을 잘라 가져가는 일도 더 이상 하지 않았다.

옷 잘 입는 동생

증조할머니께서 어느 날부터 앞을 보지 못했다. 그래서 동네 마실을 가실 때는 늘 안내자가 필요했다. 우리집 복덩이 셋째 딸, 미미가 증조할머니를 모시고 다녔다.

서울에 사시는 왕고모님(증조할머니 막내딸)이 친정에 오실 때에는 도시 냄새가 나는 물건들을 많이 사 오셨다. 그중에 미미 옷이 늘 포함되어 있었다. 당신의 어머니를 모시고 다니는 미미에 대한 고마움의 표시였던 것 같다. 그 당시 아이들에겐, 내 옷이라는 개념이 없었다. 언니가 입던 옷은 내가 받아 입고, 내가 입던 옷은 동생이 물려 입었다. 그런 세월의 흔적은 옷에 고스란히 남아, 대부분 낡고 지저분했다. 이와 반대로 동생 미미의 옷은 눈에 확 띄게 이쁘

고 산뜻했다. 이쁜 얼굴이 더 빛나 보였다. 운동장 조회가
있던 어느 날, 교감 선생님께서 미미를 구령대 위에 세웠
다. 그리고 이렇게 말씀하셨다.

"너희들 잘 봐라. 미미처럼 옷 입고 다니거라."

그런데, 그때 난, 왜 증조할머니를 모시고 다니지 않았는
지 수수께끼다.

막둥이

우리 집 막둥이는 나와 열두 살 차이로 띠동갑이다.

막둥이가 태어난 날은 할아버지 제삿날이었다. 난 지금도 그날을 또렷이 기억한다. 엄마가 제사 음식을 다 마련하고 저녁 무렵에 산기를 느껴 방으로 들어가셨는데 잠시 후 아기 울음소리가 들렸다. 아들이라고, 돌아가신 할아버지가 점지해 주셨다고 어른들이 좋아하셨다. 그런데, 그 막둥이는 우리 4남매(딸 셋과 장남)와는 달랐다. 우리 4남매는 아버지 말씀에 무조건 복종이었다. 그게 아니라고, 내 생각은 이렇다고 감히 입도 뻥긋 못했다. 막둥이는 그렇지 않았다. 아버지가 하시는 말씀에 종종 반기를 들었다. 그런 막둥이를 두고 아버지가 하신 말씀은 이러했다.

"이놈이 막둥이라고 이쁘다 이쁘다 했더니 버르장머리가

없네."

한 번은 추운 겨울에 아버지께 반항하다가 방에서 쫓겨났단다. 시골의 겨울은 진짜 춥다. 밖에서 오 분만 있어도 귓불이 벌게진다. "잘못했습니다." 그 말 한마디 하면 될 것을…… 막둥이는 입이 댓 발이나 나와 씩씩대며 버티고 있고. 시간이 지나 막둥이 발이 벌게지는 것을 본 엄마가 사태를 수습했다고 한다.

국민학교 때 이런 일이 있었단다. 선생님께서 막둥이 머리를 한 방 때렸는데 "왜 때려요? 왜 왜?"라며 고개 치켜들고 대들었단다. 그 당시엔 선생님이 학생 때리는 것은 흔하디흔한 일이었고 부모님들도 '너 잘되라고 그런 거다.' 그렇게 말씀하시던 시기였다. 화가 난 선생님이 "뭐 이런 맹랑한 것이 있나!"라며 막둥이를 힘껏 때렸는데 교실 바닥에 널브러졌단다. 겁이 난 선생님이 부랴부랴 아버지께 연락하고…….

학교 개교 이래 대단한 사건이 벌어졌단다. 덕분이라고 말해야 하나? 우리 집 막둥이는 학교에서 대단한 놈으로 친구들에게 인식되었고 선생님들도 맹랑한 놈이라 하여 손대지 않았으니 저절로 얻어지는 것은 없나 보다.

그리움 한 스푼

송아지 태어나다

오늘도 난 외양간에서 소여물을 끓이고 있다. 솥에서 김이 모락모락 피어오르면 솥뚜껑을 열고 큰 나무 주걱으로 여물을 뒤집어준다. 위의 것이 아래로 내려가고 밑에 있던 것이 위로 올라와야 골고루 여물이 잘 삶아지기 때문이다. 그런데, 아까부터 소가 이상하다. 소꼬리 바로 앞에 뭔가 삐져나와 있다. 시간이 많이 흐른 것 같지 않은데 그 뭔가가 자꾸만 밖으로 미끄러져 나오는가 싶더니 바닥으로 떨어진다. 소가 '음매' 하고 운다. 어머나! 송아지가 태어난 것이다. 갓 태어난 송아지 온몸이 끈적끈적하게 보이는 액체로 뒤덮여 있다. 방금 어미가 된 소가 혀로 새끼 몸을 핥아준다. 어미 소가 핥아주는 방향으로 송아지 털이 이리저리 쏠린다. 붓을 자유롭게 굴리는 화가의 손놀림처럼 어미 소는 부지런히 혀를 움직인다. 소 엉덩이에는 아직 긴 줄이 매달려있다. 어미 소는 아주 큰일을 했는데도 힘들다는 표정도 없고 눈만 껌뻑이며 새끼를 핥아준다. 산고의 고통이 보이지 않는다. 내가 보기엔.

누워있던 송아지가 몸을 일으키려고 버둥거리다가 털썩 주저앉는다. 또 한 번 일어나려고 다리를 버둥거리다가 또 주저앉는다. 또 시도한다. 앞다리가 제법 펴지는가 싶더니 드디어 일어선다. 세 번째 시도 끝에 딱 중심 잡고 일어서는 송아지를 본 기억이 지금도 선명하다. 태어난 지 얼마 되지 않았는데 벌떡 일어나서 걷는다. 너무 신기하다. 너무 놀랍고 대단하다. 한두 발자국 떼어 놓던 송아지가 어미 몸 속으로 파고든다. 젖을 찾고 있나 보다. 젖을 찾아 쪼옥쪼옥 빨아먹는다. 난 그냥 보고만 있었다. 믿을 수 없다는 듯 '어머나, 어머나' 감탄사를 내뱉으면서.

그러다가 문득 생각난 듯 밖을 향해 "아버지, 송아지 태어났어요."라고 소리쳤다. 아버지가 오시더니 새 짚을 외양간에 깔아준다. 나보고 밖으로 나가란다. 소와 송아지를 편안하게 해줘야 한단다. 내 생애 다시는 볼 수 없는 송아지 출산 과정을 생생하게 지켜봤다.

4장

내 고향에서는

나의 살던 고향은 꽃피는 산골
복숭아꽃 살구꽃 아기 진달래♪♬

시골 예찬

아이는 시골에서 자라야 한다. 왜?

첫째, 눈이 시원하다. 앞산 뒷산이 있어 아침저녁으로 또는 계절이 바뀔 때마다, 여러 폭의 산수화를 볼 수 있다. 봄에는 초록 나무와 하얗고 노랗고 분홍빛을 띠는 색의 향연을, 여름에는 뜨거운 햇볕이 내리쬐는 소리와 시원한 소낙비를 맞는 소리의 향연을, 가을엔 물들어 가는 단풍과 발맞추어 누런 벼가 출렁거리는 풍요로움의 향연을, 겨울엔 눈 덮인 자연과 눈 위를 뛰어다니며 또 다른 추상화를 그리는 멍멍이들까지 찬조 출연하는 평화의 향연을 산수화와 함께 누릴 수 있다. 이 다양한 자연의 향연이 나의 눈을 즐겁게 한다.

둘째, 시야가 넓다. 고층 건물이 없기에 시야가 단절되는 일이 없다. 앞 아파트로 채광이 문제 될 일이 없다. 조금 높은 위치에 자리 잡고 살면 몇만 평의 정원이 그대로 내 눈앞에 펼쳐진다.

셋째, 귀가 즐겁다. 아름다운 풀벌레 소리, 새소리, 시냇물 소리, 타작 소리, 홍시 터지는 소리 등 라이브 음악회를 시시때때로 즐길 수 있다. 멍석에 누워 밤하늘에 반짝이는 별을 볼 때도 어디선가 노래하는 귀뚜라미 소리가 내 귀를 춤추게 한다.

넷째, 놀거리가 다양하다. 봄이면 물오른 버들가지를 꺾어 버들피리를 만들어 불고, 여름이면 입은 옷 그대로 첨벙 시냇물에 뛰어들어 물고기 잡고, 가을이면 툭툭 떨어지는 밤 주워 즉석에서 깨물어 먹고, 겨울이면 눈 오는 날, 친구들과 같이 토끼몰이하러 가니, 철마다 저절로 주어지는 놀거리로 어찌 즐겁지 않겠는가?

다섯째, 먹거리 재배 과정을 눈으로 볼 수 있다. 도라지가 어디에 숨어 있는지, 콩이 어떤 과정을 거쳐 우리 입으로 들어오는지, 쌀은 어떻게 재배되는지 교과서에서 배우지 않아도 그냥 안다. 농작물 이름도 그냥 안다. 덤으로 내가 기르는 농작물을 신선하고 싱싱하게 먹을 수 있으니 이것 또한 금상첨화이지 않은가?

여섯째, 공해가 없어 건강에 좋다. 공장이 없다. 24시간 쉬지 않고 뿜어내는 자동차의 클랙슨 소리와 매연이 없다. 귀를 어지럽히는 오토바이 소음과 가까이하지 않는다. 공기 좋은 곳에서 장수를 누릴 수 있는 것은 시골이 주는 최상의 선물이다.

난 시골에서 이 모든 혜택을 누리며 성장했다.

나 어릴 적 내 고향은

우리 동네는 모든 집이 초가집이다.

우리 동네는 모든 집이 대문이 없다.

낮은 담으로 빙 둘러싸여서 옆집 앞집의 경계가 있을 뿐이다. 담이 끊어진 일정한 공간이 우리 집 대문이다.

할머니 친구 분이 마실을 오시면 골목 입구에서 "정희야"라고 부른다. 그 소리를 듣고 "누구요?"라는 물음과 동시에 방문이 열린다. 집에 사람이 있으면 들어와서 놀고, 없으면 댓돌 옆에서 잠깐 기다리기도 한다. 특별한 날에 특별한 음식을 하면 노란 쟁반에 음식을 받쳐 들고 집집마다 가져다드린다. 집에 사람이 없으면 부엌 찬장에 넣어둔다. 말하지 않아도 누가 가져다 놓은 음식인지 안다. 나의 할머니는 '가갸거겨'는 읽지 못해도 오늘 밤이 누구네 제사인지 다음

그리움 한 스푼

달 며칠이 누구네 제사인지 머리에 훤히 꿰고 계신다. 제삿날이면 밤늦게까지 기다렸다가 가져온 제삿밥을 드시고 주무신다. 죽은 사람 기일뿐 아니라 살아계신 어르신들의 생일, 환갑도 다 기억하신다. 나의 할머니만 그런 것이 아니라 동네 할머니들 모두 그렇다. 온 동네가 한 집안이기 때문에 가능한 일이다. 김해 김가들이 모여 사는 집성촌이기에 다 친척이다. 그러다 보니 결혼, 회갑, 초상이 나면 모두 내 일처럼 도와준다. 동네 아낙네들은 밥하고, 국 끓이고, 떡 만들고 전을 부친다. 남정네들은 술 받아오고, 돼지 잡고, 이웃 동네에 청첩장 부고장을 들고 알리러 간다. 특히 초상이 나면 동네 남정네들이 상여를 메고 산소까지 동행해서 마무리하고 상주와 같이 하산한다. 이런 일들은 농사를 지으면서 살기에 가능한 것이다. 농사짓는 일은 혼자서 할 수 없는 일이 아주 많다. 모내기, 가을 추수, 김장뿐 아니라 초가집 지붕 갈이도 모두 힘을 합쳐 같이 해야 한다. 일종의 품앗이라고나 할까? 그러다 보니 서로서로 돕는 것이 당연하다.

난 이런 마을에서 자랐다. 그래서일까? 난 이타적인 사람을 좋아한다. 나 또한 그렇게 살기를 원하고.

소환된 고향

1986년 깡촌 촌놈이 서울특별시 시민이 되었다. 그 당시 직장 상사가 나의 고향을 묻고선 이렇게 말했다. "개천에서 용 났네."

그러나 개천에서 용이 된 나의 눈에 비친 서울특별시는, 이상한 것이 천지삐까리(너무 많다는 경상도 사투리)였다. 그 중에서도 제일 이상한 것은 헌 아파트가 새 아파트보다 더 비싼 것이었다. 시골에서 친구들끼리 하는 놀이 중에 이런 놀이가 있었다. 손으로 흙 두꺼비 집을 만들면서 "두껍아 두껍아 헌 집 줄게, 새 집 다오." 두꺼비에게조차 새 집을 요구하는데 특별시민들은 왜 헌 집을 더 좋아할까? 의문이었다. 그 부조화는 그 이후로도 오래 지속되었다.

그뿐만이 아니다. 시골에서 흔하디흔해 나물 족보에 이

름조차 못 올린 돈나물을 돈 주고 사 먹는다는 것이었다. 나는 그 돈나물을 발로 밟고 다녔다. 그 나물 이름이 돈나물인지 특별시에 와서 알았다. 그 돈나물로 물김치도 만들고, 양념 만들어 맛있다고 무쳐 먹는 것을 보고 어안이 벙벙했다. 또, 오디와 산딸기도 돈 주고 사 먹고 있었다. 난 공짜로 먹었다. 뽕나무에 매달린 오디를 없어질 때까지 따 먹었다. 학교 파하고 집으로 돌아오는 길에 뽕나무를 보면 허리에 매달고 있던 책 보따리를 풀어놓고 뽕나무 위로 올라갔었다. 한 개씩 따서 먹다가 감질나면 한 움큼씩 모아 한꺼번에 입안에 톡 털어 넣었다. 한꺼번에 터지는 그 오디의 즙이 얼마나 풍만감 있고 맛있었는지⋯⋯. 먹고 나면 입 주변이 검보라색으로 칠해져 있고 시꺼멓게 변한 헛바닥을 길게 내밀면 저승사자 같았다. 이빨 사이에 오디 찌꺼기들이 끼어 있고 이빨도 군데군데 오디 색으로 변해 있으니 어린아이가 보면 무서워서 울음을 터트렸으리라. 거기에 두 손을 날카롭게 세우고 눈까지 허여멀겋게 위로 치켜뜨면 영락없는 저승사자였다. 저승사자가 될 때까지 따 먹었으니 얼마나 오랜 세월 오디를 공짜로 먹었는지 알 수 있을 것이다. 산딸기도 빨갛게 익어 '나 좀 봐.'라고 소리치면 우르르 몰려가서 입에서 신물이 날 때까지 따 먹었다. 먼저 본 놈이 임자였다.

지천으로 널려 있는 오디와 산딸기는 시골 아이들의 맛 난 간식이었다. 시골 출신의 뽐냄이라고나 할까? 특별시민 인 나에게 돈나물, 오디, 산딸기는 윈도우 쇼핑 품목일 뿐 이다.

매섭던 겨울

내 유년 시절의 겨울은 너무도 추웠다. 방문에 문풍지를 붙여도 겨울바람은 칼바람이 되어 틈 사이를 베고 들어왔다. 방문을 열고 나가면 그 순간 휘~익 몰아치는 바람이 내 손보다 더 빠르게 '쾅' 소리 나게 문을 닫았다. 그 소리가 얼마나 크고 쎙~한지 댓돌 위에 털썩 주저앉기도 했다. 겨울바람은 자기 멋대로였다. 머리카락을 사정없이 휘갈겼고 허락 없이 내 바지통을 휘젓곤 했다. 그리고 늘 원하지 않은 '감기'라는 놈을 던져주었다. 학교에 가면 흘러내리는 콧물을 들이마시는 소리가 돌림노래처럼 울려 퍼졌다. '콜록콜록' 기침 소리도 후렴처럼 따라붙었다. 교실에 앉아 있는 친구들의 발도 연신 포갰다 풀었다 포갰다 풀었다를 리드미컬하게 연주했다. 때로는 빠른 속도로 손바닥을 비벼 얼굴에 갖다 대곤 했다. 학교 마치면 책 보따리를 허리에 단단히 매고 뛰었다. 고무신 밑창이 땅에 닿지 않을 속도로 뛰었다. 집에 도착하면 고무신이 제멋대로 날아가도 상관없다는 듯이 방문을 열어젖히며 방 안으로 슬라이딩했다. 그렇게 춥던 그 겨울은 어디로 이사 갔을까?

콩쿨대회

휘영청 밝은 보름달이 환하게 웃고 있다. 집집마다 웃음소리가 들린다. 오늘은 추석. 저녁 식사 후 동네에서 콩쿨대회(노래 자랑 대회)가 열린다. 꼬맹이부터 할아버지까지 마을 회관(그때는 '동사'라고 불렀다)으로 모여든다. 회관 옆 큰 느티나무에 매미처럼 매달려 버둥거리다 죽 미끄러지는 꼬맹이 모습에 두어 개 남은 이를 드러내며 환하게 웃는 할매 모습도 보인다.

드디어 콩쿨 대회가 시작되려나 보다. 동장의 인사말이 시작된다. 사람들이 모여 웅성거리자 마냥 신이 난 꼬맹이가 뒤뚱거리며 무대로 나아간다. "엄마 엄마" 두 마디 했는데 누나가 냉큼 낚아챈다. 첫 번째 타자가 강제로 사라진

무대에 등장한 분은 노래 잘하기로 자타가 인정하는 아저씨.

"두만강~~푸른 물에, 노 젓는 뱃사공~~"

목청은 좋은데 노래가 주욱 죽 늘어진다. 모두 '눈물 젖은 두만강'을 멋들어지게 불러 젖힌 아저씨께 박수를 보낸다. 다음은 박자도 가사도 엉터리인 종수 할아버지의 '신라의 달밤'. 할아버지는 동남아 순회공연을 방금 마치고 돌아온 가수 못지않게 신중한데 듣는 이들은 엉터리 노래로 인해 깔깔대며 뒤로 넘어간다. 웃느라 난리가 났다. 국제 콩쿨 대회가 아닌 동네 노래잔치에서는 노래 잘하는 것보다 재미와 웃음을 선사하는 것이 짱이다. 폼 잡고 구성지게 읊어대는 '두만강 푸른 물'보다 '아하하 신라의 바바밤이여~'에 더 높은 점수를 주고 싶다. 노래를 제일 잘 부른 사람에게 주는 1등 상품은 노란 주전자, 2등 상품은 빨간 고무대야, 3등 상품은 바가지이다. 상품이 뭐 그리 대수랴! 내 새끼인 손자 손녀 모두 모인 이 즐거운 날에 바가지 받으면 어떻고, 주전자 받으면 어떠랴! 못 받으면 또 어떠랴! 입이 귀에 걸린 할아버지처럼 막걸리 한잔하고 뽑아낼 수 있는 노래 한 소절 있다면 이 풍성한 추석에 살맛나지 않겠는가?

김치 도둑

알고도 눈감아주는 '김치 도둑'을 들어봤는지? 시골 김가 집성촌인 내 고향은 김장철이 되면 마당 한 귀퉁이에 김치 하우스(?)를 만든다. 땅을 파고 큰 항아리를 묻고 그 안에 김장김치를 넣는다. 그리고 짚을 엮어 가장자리를 두르고 지붕까지 만들어 얹는다.

길고 긴 겨울밤 이렇다 할 오락거리가 없던 그 시절, 저녁 먹은 후에 또래들(주로 청소년과 미혼 남녀들)끼리 모여서 노는 게 일과 중 하나였다. 놀다가 배가 출출해지면 바가지를 들고 김치 도둑질에 나선다. 성공률 100%이다. 알고도 모르는 척해주는 불문율 덕분이다. 그런데, 그때나 지금이나 난 교과서이다. 조용한 밤에 밖에서 킥킥거리는 웃음소리를 듣고 "도둑이야"라고 소리쳤고 그 소리에 김치 도둑들이 후다닥 도망을 갔다. 김치 하우스에 가보니 항아리 뚜껑이 열려 있었다. 다음 날 애기를 들어보니 김치 훔치러 온 일행 중 한 명이 방귀를 뀌는 바람에 긴장의 끈을 놓고 모두 웃어버렸다고 한다. 지금은 이런 행동 자체를 기획하지 않지만, 그땐 시골 겨울밤 또래들의 유희였다고나 할까!

살구의 신맛

딸 딸 딸 딸 딸을 다섯 손가락 다 접고도 2명을 더 낳았다
면 그 집 분위기는 어떠했을까? 딸 여섯을 내리 낳고 진통
을 느낀 산모가 방으로 들어가자 아들 아들만을 초조하게
기다린 그 집 할배는 연신 곰방대를 빨아들였다. "딸이에

요.” 소리를 듣고 할배는 곰방대를 탁탁 내리치면서 혀를 쯧쯧 차고 뒤돌아 앉았다고 한다.

저승에 가서 조상님들 뵐 낯이 없다고. 대가 끊어져서 제 삿밥을 올릴 수 없으니 이 노릇을 어떡하냐고!

울 동네에 이렇게 딸 일곱 명을 낳은 아지매가 있다. 그 집엔 큰 살구나무가 있었다. 가지들이 담을 넘어 옆 도랑까지 뻗쳐 있었다. 탐스럽게 익은 살구가 도랑에 떨어져 있으면 아무나 펄쩍 뛰어내려 살구를 집어먹곤 했었다. 먼저 본 사람이 임자였다. 나도 그 도랑 앞을 지나갈 때면 일부러 서서 살구가 떨어지길 기다렸다. ‘바람이 세게 불면 좋을 텐데.’라고 중얼거리면서. 간절한 희망은 현실로 다가올 때가 있다. 어느 날, 도랑에 떨어진 살구를 보고 냉큼 뛰어내려 옷에 쓱쓱 문질러 한 입 베물었다. 단맛은 적고 신맛이 너무 강해 몸을 움찔거리며 눈을 찡그렸다. 그 집 아지매도 딸을 낳을 때마다 이런 신맛을 맛봐야 했을까?

딸 일곱을 낳은 후 그 아지매 배가 다시 불러오자 동네 사람들 모두 한마음으로 중얼거렸다.
‘이번에는 꼭 아들을 낳아야 할 텐데.’

그리움 한 스푼

사람들의 바람이 하늘에 닿았는지 드디어 아들을 낳았다. 그리고 2년 후 또 아들을 낳았다. 딸 일곱을 낳고 아들 둘을 낳은 그 아지매. 살구의 신맛이 아닌 단맛을 흠뻑 맛보았을까? 아지매의 나머지 인생이 단맛으로만 죽~ 이어지길 바라며 인간 승리의 아지매께 존경을 표한다.

연애 결혼

우리 윗집에는 연애 결혼한 아저씨 아주머니가 살고 있다. 울 부모님이 결혼할 그 당시에는 대부분 중매결혼이었다. 그런데, 그 옛날 호랑이 담배 피던 시절에 두 분은 한동네에서 눈이 맞았단다. 아줌마 이름은 미옥(가명)인데 아저씨가 사랑의 표현인지 "옥아"라고 불렀다. 울 아버지는 엄마를 "정희야"(정희는 엄마 이름이 아니고 내 이름이다)라고 부른다.

윗집 두 분이 사시는 모습은 울 동네 다른 부부와는 사뭇 다르다. 달콤한 솜사탕 같다고나 할까! 여하튼, '밋밋함'보다 더 상위 개념인 '못마땅함'을 서로에게 쏘아붙이고 사는 울 부모님. 울 부모님과는 다른, 아른아른하고 살랑살랑하고 한들한들한 그런 것들을 윗집 아줌마 아저씨에게 느낄 수 있었다. 한마디로 부부 사이가 좋아 보인다는 거다. 그런데, 오늘 두 분이 뭔가 크게 뒤틀린 모양이다. 티격태격하는 목소리가 점점 올라가고 있다. '도 레 미 파 솔~~~'까지 올라가는가 했는데 갑자기 "남편을 뭘로 보는 거야."라는 높은 '미' 소리가 들린다. 마당에 멍석을 펴고 저녁을 먹던 우리 식구들은 담 너머로 들려오는 소리에 모두 숟가락을 든 채로 서로의 눈만 쳐다보고 있었다. 우린 지금 윗집 부부 싸움을 생중계로 듣고 있는 거다. 짧은 순간, 정적이 흐르고 이번에는 높은음 '솔' 소리로 "옥아, 옥아, 옥아."를 연신 부르는 겁에 질린 아저씨 목소리가 들렸다. 나이 어린 내 귀에도 '큰일 났구나!'라는 느낌이 확 왔다. 아버지가 벌떡 일어나 윗집으로 날았다. 우리도 발뒤꿈치를 들고 눈을 최대한 길게 빼서 윗집으로 날려 보냈다. 미옥이 아줌마가 마당에 널브러져 있다. 기절을 한 것이다. 아까 화를 내던 아저씨 모습은 온데간데없고 입에 물을 물고 '푸우푸우' 옥이 아줌마 얼굴에 뿜어대는 아저씨 몰골이라니……

중매로 결혼한 울 부모님이나 연애 결혼한 윗집 아줌마 아저씨나 왜 큰소리치면서 싸우는 것일까?

부부란? 싸워야 정드는 존재라고 정의되어 있는 걸까?

세 명의 동창과 나

국민학교 육 년을 같이 다닌 고향 여자 친구 세 명.

초희, 영희, 숙희 그리고 나

초희는 아버지와 아주 친하게 지냈다. 초희 아버지는 술을 너무 좋아해서 박자와 리듬이 반 박자씩 늦은 춤을 추곤 했다. 취권의 주인공이 추는 춤. 말소리도 조금 느렸고 행동도 느릿느릿했으며 하품도 천천히 하셨다. 초희 엄마는 일찍 돌아가셨다. 초희는 저녁때면 군불(겨울에 방 따뜻하게 하려고 때는 불) 때는 당번이었다. 가끔 집에 놀러 가면 아궁이 앞에 앉아서 성냥불을 불쏘시개에 붙이고 장작을 밀어 넣고 있었다. 손등으로 흐르는 코를 닦았는지 인중이 숯검댕이처럼 시커멓게 칠해져 있었다. 초희도 아버지처럼 말이 조금 느렸다. 우리 네 명 중 키가 가장 컸고 조숙했다. 겨울에는 손등이 갈라져 있었고, 가끔 구멍 뚫린 양말도 신고 있었다. 어느 날 아버지가 구루마(소달구지)를 몰고 가다가 소가 난리 치는 통에 구루마에서 떨어져 돌아가셨다. 초희는 국민학교 졸업 후 돈을 벌기 위해 동네를 떠났다.

영희는 일찍 아버지를 여의고 어머니, 언니들, 오빠들과 살았다. 막내였지만 막둥이 같은 구석은 없었고 억척스러웠다. 질투심도 많았고 싸움도 잘했다. 얼굴도 이뻤고 공부도 잘하고 똑똑했다. 영희도 국민학교 졸업 후 공장에 취직하여 고향을 등졌다.

숙희는 엄마, 아버지, 오빠 둘, 언니, 남동생과 함께 살았다. 집안도 나름 넉넉하고 가정 분위기도 따뜻했다. 숙희의 단점은 게으르고 답답하다는 것이었다. 숙희 아버지가 "콧구멍이 두 개라서 숨을 쉬지, 한 개였으면 벌써 죽었을 거다."라고 하셨으니……. 이 친구는 고등학교 졸업하고 첫 직장에서 만난 남자랑 곧바로 결혼하고 부모 곁을 떠났다.

나는 증조할머니, 조부모, 엄마, 아버지, 그리고 네 명의 동생과 함께 살았다. 맏이는 살림 밑천이라고 난 일을 많이 했다. 부뚜막에 걸터앉아 설거지도 하고, 밭도 매고, 소풀도 뜯고, 물도 길어오는 농군 소녀였다. 그리고 마음속에 아픈 상처가 있다. 난 고등학생이 되면서 일시적으로 집을 떠났다.

지금은 모두 고향을 떠나 타지에서 살고 있다. 태어난 지 육십 년이 되었으니 그 옛날 까만 단발머리의 소녀들은 반백의 할매가 되었다.

그리움 한 스푼

어떤 인생

우리 동네에 특이한 인생을 사신 분이 몇 분 있다.

첫 번째는 승수 아버지이다.

승수 아버지는 정기적으로 순사에게 잡혀 경찰서로 끌려 갔다. 그 당시 순사라는 직업이 얼마나 무서운 존재였는지, 우는 아이도 순사 온다는 말을 들으면 울음을 뚝 그칠 정도였다. 그런 순사에게 승수 아버지는 자주 손에 수갑을 찬 채 끌려갔다. 동네 어른들이 수군거렸다. 군대에 가지 않아서 잡혀가는 거라고. 대한민국 남자라면 감당해야 할 병역의 의무를 감당하지 않아서였다. 우리 동네에서 유일하게 순사에게 끌려가신 분이었다.

두 번째는 은수 아저씨의 남동생이다. 결혼했는데 아내가 도망가서 혼자 사는 아저씨였다. 늘 술에 절어 있었다. 맑은 정신으로 사는 날이 거의 없었다. 동네 분들이 '말할 수 없이 참 좋은 사람인데 술만 먹으면 개가 된다.'라고 수군거렸다. 어느 날 연못가 나무에 목을 매달아 저세상으로 가셨다. 우리 동네에서 유일하게 자살한 분이다.

세 번째는 현수 할머니이다. 키가 장대처럼 크고 비쩍 마른 할머니였다. 남편이 선소리꾼이었는데 일찍 돌아가셨다. 복이 많아 아들만 셋이라고 동네 사람들이 부러워했다. 그런데, 아들들이 장가만 가면 죽어 나갔다. 남편과 세 아들을 먼저 저승으로 보내고 손자 하나를 데리고 살았다. 우리 동네에서 단 두 식구만 사는 집은 그 할머니 집뿐이었다.

네 번째는 달수 어머니이다. 농사꾼 아낙네 같지 않게 늘 고운 모습이었다. 밭에 일하러 나가면서도 뽀얗게 화장을 했다. 입술이 늘 빨갰다. 옆집에 마실 가실 때도 곱게 한복을 입고 가셨다. 비녀 찌른 머리에는 동백기름을 발라서 반짝거렸고 땀 냄새가 아닌 좋은 향기가 났다. 우리 동네에서 유일하게 평상시에도 화장하시는 분이었다.

다섯 번째는 채옥이 아버지이다. 아내가 아들 하나, 딸 둘을 낳고 하늘나라로 올라갔다. 재혼했는데 새 아내가 몇 달 살지 않고 밤사이 도망을 갔다. 아이들이 어리고 집안 살림을 감당할 수 없어 또 결혼했다. 새로 오신 분은 목소리가 걸걸하고 성격이 남자 같아 아이들이 무서워했다. 결국 그분과도 오래 살지 못하고 헤어졌다. 우리 동네에서 세

번이나 결혼하신 분은 채옥이 아버지뿐이다.

세상에 태어나서 나이 차면 결혼해 아들딸 놓고 법이란
게 존재하지 않아도 될 만큼 선하게 사시는 분들. 자고 나
면 그저 그런 차림으로 논밭으로 나가서 성실하게 일하고
수명이 다해 천상의 세상으로 가시는 분들과 다르게 특별
한 삶을 사신 분들이었다.

적어도 어린 내 눈에 비친.

5장

아! 옛날이여
(1969~1974)

아 옛날이여
지난 시절 다시 올 수 없나 그날
그날이여 ♪♬

까만 팬츠

국민학교 때 여름방학을 하면 친구들과 함께 시냇가에 가서 물장구를 치고 놀았다. 수영복이란 말은 들어보지도 못한 그 시절에 친구들 모두 동일한 수영복을 입었다. 여자아이들은 하얀 런닝구와 까만 팬츠를 입었다. 남자아이들은 위에는 맨몸, 아래에는 까만 팬츠를 걸쳤다. 공통분모인 까만 팬츠는 남녀에 따라 차이가 있었는데 남자아이들은 허리 부분에만 고무줄을 넣어 아래로 흘러내리지 않도록 했고, 여자아이들은 허리 부분뿐 아니라 다리 부분에도 고무줄을 넣어 팬츠를 다리에 완전히 밀착시켰다. 즉, 남자아이들은 물구나무서기를 하면 팬츠가 무방비 상태로 허벅지까지 흘러내린다. 편의상 팬츠일 뿐, 고무줄 넣은 통 넓은 반바지라고 생각하면 된다.

헤엄치다 보면 가랑이 사이로 작은 피라미가 들어가서 유턴하고 나온다. 하지만 여자아이들 팬츠에는 들어올 틈이 없다. 우리는 수영복도 엉터리였지만 수영하는 방법도 엉터리였다. 물 속에 두 손을 디디고 발만 위아래로 흔들면서 제자리에서 물장구를 치는 아이들이 대부분이었다. 다리를 얼마나 세차게 위아래로 흔드는지 뒤에 서 있는 친구는 물벼락을 맞는다. 그러나 한두 명은 팔과 다리를 동시에 움직이면서 앞으로 나아가기도 했는데 우리는 이것을 개헤엄이라고 불렀다.

맞다.

수영이 아니라 개헤엄과 물장구를 치고 놀았다는 표현이 정확할 것 같다. 그렇게 입술이 파랗게 될 때까지 놀았다. 입술이 파래지면 물 밖으로 나와 오들오들 떨면서 옹기종기 모여앉아 팬츠를 햇볕에 말렸다. 첨벙거리면서 물장구치던 그 시절이 흑백 사진처럼 스쳐 간다.

그리움 한 스푼

현미경의 다른 이름

서울에 사는 사촌 동생이 우리 집에 왔다. 작은 거울을 보여주며 현미경이라고 했다. 방아깨비를 비춰보니 엄청나게 크게 보였다. 날개가 너무 이뻤다. 손가락에 난 상처를 보니 그 부위가 커 보여서 무섭고 징그러웠다.

현미경은 뻥튀기 기계였다.

콧물 손수건

저녁 날씨가 선선하다. 바람도 쐴 겸 우유를 사러 갔다. 오는 길에 아파트 주차장 앞에서 중학생으로 보이는 남자애가 허리를 굽히고 기침을 하는데 코에 긴 콧물이 매달려있다. 그 콧물이 국민학교 입학식을 떠올리게 했다.

입학식 때 가슴에 손수건을 달고 등교했는데 흘러내리는 콧물을 닦는 용도였다. 그땐, 모두 감기를 달고 살았고 감기와 세트인 콧물도 떼어낼 수 없는 동거인이었다. 쌍둥이 동굴 속에서 흘러내리는 콧물은 손수건을 걸레로 만드는 일등 공신이었다. 내가 국민학교에 입학한 1969년 3월은 왜 그렇게 춥고 왜 그렇게 콧물은 사정없이 흘러내렸을까?

담임 선생님

내가 육 년 동안 다닌 국민학교는 아담한 단층 건물에 운동
장이 넓었다. 어른은 선생님 일곱 분과 소사 아저씨 한 분
이 전부였다. 교감 선생님도 담임을 맡으셨다. 한 학년에
한 반뿐이니 학년마다 담임 선생님이 한 분이다. 난 총 여
섯 분의 담임 선생님을 만났는데 유독 두 분이 기억에 남는
다. 내 기억으로 2학년 때였던 것 같다. 자전거로 출근하시
는 선생님께서 종종 나를 자전거 뒤에 태워주셨다.

그때의 선생님이란 하늘
같은 존재였기에 칭찬 한마
디만 들어도 가슴이 벅찼다.
그러한 선생님의 자전거를
같이 타고 가는 순박한 시골

어린애의 가슴이 얼마나 뛰었는지…….

그러나 그 선생님께 배운 노래는 1년 동안 딱 한 곡이었다. 바로 '퐁당퐁당'이다.

'퐁당퐁당 돌을 던지자. 누나 몰래 돌을 던지자.'
'도레미미 도미솔라솔. 도레미미 도미솔라솔'

교실 앞 풍금은 일 년 내내 이 노래만 연주했다. 말이 연주이지 오른손 한 손으로 소리만 낼 뿐이었다. 난 퐁당퐁당 노래가 들리면 김경○ 선생님이 생각난다.

6학년 때 담임 선생님은 총각 선생님이셨다. 우리 학교가 첫 발령지였던 것 같다. 키 크고 날렵한 인상을 주신 분이셨다. 나에게 웅변을 가르쳐주셨다. 그때 배운 웅변으로 중학교 고등학교 때까지 대회에 나가 상도 타고 상금도 받았다. 해마다 6.25 즈음에 반공 웅변대회가 있었는데 지금도 기억하는 원고 한 토막이 있다.

"옛날부터 물을 좋아하는 사람은 물에 빠져 죽고
산을 좋아하는 사람은 산에서 죽는다고 했으니

전쟁을 좋아하는 저 북한의 김일성은 언젠가는
전쟁에서 죽을 것이라고 이 연사 힘주어 외칩니다."
　김경○ 선생님은 돌아가셨을 것 같고 6학년 때 담임 선생님인 김○조 선생님은 교장 선생님으로 정년퇴직하셨다는 소리를 몇 년 전에 들었다.

　시골 어느 한적한 마을에 자리 잡았던 나의 모교는 지금은 폐교가 되었다. 학생들의 조잘거림도 선생님의 위엄 있는 말씀도 이제는 더 이상 들을 수 없고, 단지 그리움의 대상으로 추억의 대상으로 내 머릿속에 남아 있을 뿐이다.

개다리춤

코미디언 남철 남성남 콤비의 개다리춤이 인기였을 때 난 국민학생이었다. 그 춤은 다리의 흔들림과 넓은 통바지가 key point였다. 그리고 노래가 신나야 어울렸다. 그 춤에 잘 어울리는 노래가 (내 생각엔) 가수 남진의 '님과 함께'였다.

'저 푸른 초원 위에 그림 같은 집을 짓고
사랑하는 우리 님과 한 백 년 살고 싶어'

가사도 얼마나 멋진가!

하굣길, 언덕배기에 모두 책 보따리(책가방을 가지고 다니지 못했다)를 내려놓고 오르막길에 한 명씩 서서 다리를 흔들면서 내려온다. 나머지 친구들은 노래를 부른다. 언덕 오르막에서 발뒤꿈치를 들고 다리를 흔들면서 내려오면 지정학적 위치(?)로 인해 저절로 개다리춤 연습이 되었다. 다리 흔드는 것이 능숙해지면 손도 맘대로 흔들었다. 한번 상상해 보라. 꼬맹이들이 언덕 오르막에서 손과 다리를 흔들면서 내려오고, 나머지들은 손뼉 치며 '저 푸른 초원 위에 그림 같은 집을 짓고'를 부르는 장면을. 눈물 나게 재미있지 않은가!

직장에서 독서치료 연수받을 때 나의 별칭이 '늑대와 함께 춤을'이었다. 별칭의 이유에 대해 말하면서 선보인 나의 개다리춤은 연수받는 이들을 즐겁게 했다. 오랫동안 갈고 닦은 나의 멋진 그 춤을 보고 웃지 않을 수 없잖은가! 나의 버킷 리스트 중 하나인 텔레비전 방송에 출연하게 된다면 이 멋진 개다리춤을 보여주리라. 얼굴에 가수 키메라 분장을 하고서.

몽실 언니 닮은꼴

내 고향에는 가게가 없다. 슈퍼, 옷 가게, 미장원 다 없다. 논과 밭에서 지은 농작물로 먹거리 해결되니 슈퍼가 필요 없고, 옷 하나 사면 동생이 또 그 아래 동생이 입으니 옷 가게 문 열었다가 파리만 날리다가 문 닫을 테고. 미장원, 미장원이라……

그 옛날 우리 조상님들은 '신체발부 수지부모'라 해서 머리를 아예 자르지 않았으니까 미장원이나 이발관이라는 말조차 생기지 않았으리라. 내가 중학교 3학년 때 돌아가신 증조할머니는 그때까지 긴 머리를 닿아 둥글게 말아 올려서 비녀를 꽂고 계셨으니 태어나서 돌아가실 때까지 한 번도 머리를 자르지 않았을 것이다. 그럼 미장원 없는 그 시골에서 우리 세 자매 머리는 어떻게 했을까? 돈 안 받고 무료로 머리카락을 잘라주는 세 자매의 전용 미용사가 있었다. 그녀는 바로 울 엄마였다. 앞머리가 길어 눈썹 아래로 내려오면 마당 한 켠에 보자기를 목에 두르고 얌전하게 앉는다. 움직이면 머리가 멋대로 잘려 나가니 목 주변이 근질거려도 입만 달싹일 뿐.

미용사가 같았으니, 우리 세 자매의 헤어스타일은 똑같았다. 앞머리는 짧게 일자로, 옆머리는 귀밑까지, 뒷머리는 한쪽 옆머리를 출발점으로 해서 뒤로 가다가 반대편 옆머리를 만나게 되면 완성된다. 몽실 언니 헤어스타일로 변신한다. 어떤 모양이냐고? 백문이 불여일견이라고 몽실 언니 책이나 드라마를 보면 '아~이 머리' 할 거다.

우리 세 자매만 몽실 언니가 아니라 학교 가면 얘도 몽실 언니, 쟤도 몽실 언니, 얘 언니도 몽실 언니, 쟤 언니도 몽실 언니, 모두 몽실 언니였다. 운동장 조회 시 일렬로 늘어선 여자애들 머리는 복사해서 붙이기, 붙이기, 붙이기의 연속이었다.

사이다와 삶은 계란

국민학교 때 소풍 장소는 늘 정해져 있었다. 학교 근처 저수지이다. 그 옆에 야산이 있고 전교생이 모일 수 있는 평평한 잔디가 있었던 것으로 기억된다. 장소만 정해져 있는 게 아니라 소풍날 가져가는 먹거리도 정해져 있었다. 사이다, 과자, 삶은 계란. 누구나 가져오는 메뉴이고 특별한 날에 볼 수 있는 귀한 음식이다. 학생들은 그것을 두 손으로 공손하게 선생님께 드렸다. 선생님들 앞에 사이다와 삶은 계란이 수북했다. 아주 귀한 것을 드리는 그것이, 선생님에 대한 존경의 표현이었다.

식물채집 곤충채집

단발머리 여자아이가 쪼그리고 앉아서 강아지풀을 조심스
레 뽑아 올리고 있다. 손등을 문질러보고 뺨을 분칠하듯 위
아래로 움직여본다. 여자아이는 지금 여름방학 숙제로 식
물채집을 하는 중이다. 시골에 사는 아이들에게 식물채집
이 왜 필요한지 모르겠다. 사방천지 풀인데. 곤충채집도 마
찬가지이다. 방아깨비, 여치, 메뚜기, 사마귀, 사슴벌레 등
등. 논두렁이나 잔디밭에서 후다닥 뛰어가기만 해도 같이
달리기하자고 덤벼드는 놈들이 부지기수인데. 머리, 가슴,
배로 구분되어 있고 다리가 여섯 개라는 사실을 관찰해 보
라는 것인가? 살펴보지 않아도 너무 잘 안다. 어려서부터
같이 노는 친구나 마찬가지인데, 곤충채집이 왜 필요할까?
방학은 숙제 없이 신나게 놀고 건강하게 지내면 될 텐데.

투덜투덜 짜증을 내면서 강아지풀을 책 속에 넣고 엉덩이
로 깔고 앉는다.

그리움 한 스푼

무료급식

국민학교 다닐 때, 늘 배가 고팠다. 가난했던 그 시절 배고 픔은 시도 때도 없이 나를 힘들게 했다. 학교에 도착하면 아침 먹은 것은 이미 100% 소화되어 배에서 연신 '꼬르륵' 소리가 났다. 그러던 어느 날, 배고픔을 해결해 준 천사가 찾아왔다. 천사라는 낱말이 얼마나 아름다운 말인지, 사람 들이 왜 천사를 열망하는지 단번에 알았다. 빵과 끓인 우 유, 그것이 바로 천사였다. 큼직한 덩어리 식빵을 받는 순 간 난 애국가가 생각났다. 왜 애국가가 생각났는지 이유는 알 길 없으나 고마움의 표시로 애국가를 불러야만 할 것 같 았다. 4절까지 부를 수 있을 것 같았다. 우유는 소사 아저 씨(학교에서 일하시던 분으로 그때의 명칭)가 엄청나게 큰 솥에 허연 덩어리를 넣고 나무 주걱으로 휙휙 저어 끓여주었다.

우유 배급 그릇은 개인 소유의 노란 양은 도시락이었다. 우리는 양은 도시락을 두 손으로 공손하게 잡고 한 줄로 늘어섰다. 줄이 빨리빨리 줄어들길 바라면서. 소사 아저씨가 국자로 떠 준 그 우유에는 거품이 떠 있다. 난 그 거품부터 혓바닥으로 잡아먹었다. 그리고 도시락을 살짝 기울여 후후 불면서 우유를 들이마셨다. 입 주위에 허연 우유가 묻었다. 우유 묻은 그곳을 친구가 손가락으로 가리키면 혀끝을 좌우로 구부려 핥아먹었다. 도시락 바닥에 묻어있는 우유도 혀를 죽 내밀어서 날름 핥아 남김없이 목구멍으로 넘겼다. 고소하면서 따끈따끈한 우유. 씹을수록 부드러워지는 식빵. 가난하고 영양 부족인 시골 국민학생들에게 그것은 학교에 가는 즐거움 그 자체였다.

내 키가 160㎝가 된 것은 그때 무료로 마신 우유와 덩어리 식빵 덕분이라 생각한다.

나머지 공부

국어 시간이다. 담임 선생님께서 강 아무개부터 책을 읽게 하셨다. "동동동 동대문을 열어라. 남남남 남대문을 열어라." 딱 여기까지 읽었는데 "서 있어."라고 하신다. "다음 김 아무개 읽어." "동동 동대문을 열어라. 남남 남대문을 열어라." 여기까지 들은 담임 선생님 왈 "앉아."라고 하신다. 한 줄씩 읽고 나면 "서 있어", "앉아"를 반복하신다. 서 있는 애들은 정확하게 읽지 않은 애들이다. 반대로 정확하게 읽은 애들은 앉았다.

1969년, 나는 글자를 모르는 상태로 국민학교에 입학했다. 공부는 학교에 입학해서 하는 것이었다. 말은 모두 쫑알쫑알 읊조렸지만 그 말을 글로 옮기지 못하는 입만 똑똑한 애들이 많았다. 1학년이 끝날 무렵에도 한글을 모르는 친구들이 있었다. 2학년, 3학년이 되어도 한글을 모르는 친구들이 있었다. 받아쓰기해도 소용없는 친구들이 있었다. 오늘 드디어 한글을 정확하게 모르는 친구들이 들통이 난 것이다. 앞의 친구들이 소리 내는 것을 들어보니 글자를 모른다고 해도 그대로 따라 소리내는 게 가능했다. 그러나 선생님은 글자를 제대로 알고 읽는지 강아지처럼 멍멍거리는지 정확히 판단하셨다. 서 있는 친구들 모두 오늘 나머지 공부를 해야 한다.

날이 갈수록 나머지 공부하는 친구들 수가 줄어들었다. 선생님 덕분에 거의 모든 친구가 한글을 읽을 수 있게 되었다. 돌무리(동네 이름)에 사는 김○○ 한 명만 제외하고.

운동회 달리기

하얀 줄에 선 순간 가슴이 방망이질한다. 늘 이랬다. 일 년에 한 번 치르는 운동회 날, 하얀 선 위에서 달리기 출발 자세를 취하면 늘 가슴이 뛰었다. 설렘과 두려움 때문이다. 설렘은 3등 안에 들어야 한다는 다짐이고 두려움은 달리다가 넘어질까 하는 염려이다. 달리다가 넘어진 경험이 있었던 후로 트라우마가 생겼다. 1학년에서 6학년까지 모든 학생이 보고 있다고 생각하면 짜릿한 전율로 얼굴이 땅긴다. 학생들뿐만 아니라 부모님들도 모두 보고 계신다. 출발을 알리는 총소리에 놀라 움찔하다가 출발이 늦었다. 그냥 "땅"하고 소리치면 오죽 좋으련만 쓸데없이 총은 왜 쏘는지 모르겠다. 저만치 앞에 발이 보이지 않게 달려가는 세희가 보인다. 얘는 운동회 날이 자기 생일인 줄 안다. 100m 달리기, 계주, 장애물 뛰기 등등 달리기만 하면 늘 1등이다. 운동회 전날 발이라도 삐어야 하는데 오늘도 멀쩡한 다리로 등교했다. 하루 세 끼 먹는 것은 나와 같은데 왜 저렇게 달리기를 잘하는지. 운동회 날 제일 미운 아이가 세희다. 달리기를 너무 잘해서 밉다. 오늘도 또 일등이다. 세희 엄마가 팔을 앞으로 죽 뻗어 두 손을 마구마구 흔든다.

겨우 3등으로 들어왔다. 1등은 공책 3권, 2등은 공책 2권, 3등은 공책 1권이다. 아라비아 숫자대로 1등은 1권, 2등은 2권, 3등은 3권 주면 좋으련만. 그래도 3등이 어디냐! 설렘이 작은 기쁨으로 와 닿는다. 운동장에 매달린 만국기들이 펄럭거리며 나에게 웃음을 보낸다.

고구마와 기생충

이 글을 읽고 구석기시대 이야기인가? 할지 모르나 1970년
대 초 실제 상황이다. 농촌에 사는 나는, 아니 우리 동네 친
구들은 간식으로 고구마, 감자 등을 즐겨 먹었다. 가을에
고구마 걷이가 끝나면 할머니 방에 가마니를 뜯어 원기둥
을 만들고 그 안에 고구마를 저장했다.

내가 다닌 국민학교는 걸어서 (딴짓 안 하고 곧장 가면)
40분 정도 걸린다. 아침 먹고 학교 도착하면 배가 출출하
다. 물론 하교 시에도 어김없이 배에서 먹을 것 들여보내라
고 꾸르륵꾸르륵 소리친다. 그 배고픔을 해결하려고 우리
동네 친구들은 등교 시 고구마를 들고 나온다. 그 고구마를
추수가 끝난 논이나 냇가 가장자리에 흙을 파내고 묻는다.

왜? 하교 때까지 땅속에 묻어두면 냉장고에 넣어 둔 것처럼 시원해지니까.

출출한 귀갓길에 땅에 묻어 둔 고구마를 꺼내서 대충 흙을 털어내고 토끼처럼 이빨로 껍질을 벗겨낸다. 옷에 쓰윽 쓰윽 문질러서 먹기도 하고. 영락없이 입안에 흙이 씹히지만, 퉤퉤 뱉으면 그만이다. 살짝 언 고구마 맛이 시원하고 달다.

국민학교 때 기생충 검사를 하기 위해 전교생에게 대변 봉투를 나누어 주었다. 전교생 모두 기생충 약을 먹어야만 하는 사태가 벌어진다.

당연한 결과이지 않겠는가?

고소 공포증

작년 여름에 평창으로 휴가를 갔다. 평창은 서울보다 시원하고 공기 좋고 평화로웠다. 어디를 가면 평창다울까 검색한 결과 발왕산 스카이워크에 가기로 했다. 그곳에 가기 위해, 해발 1,458m에 왕복 거리 7.4km인 관광 케이블카를 탔다. 우리나라에서 최고 높이인 동시에 최대 길이라고 했다. 공중에 매달려 가는 케이블카를 타는 내내 나의 온몸이 전기에 감전된 듯 찌릿찌릿했다. 안전하다는 것을 알면서도 경사가 낮은 곳으로 죽 미끄러져 내려가면 간이 쫄아들었다가 서서히 올라가면 간이 원래대로 커졌다. 넓적다리 쪽으로 전해지는 찌릿함이 오줌보로 연결될까 봐 온몸에 힘이 가해졌다. 중간에 날개 있는 새처럼 살포시 내릴 수도 없고. 급속히 작아지는 간의 크기와 서서히 원상 회복되는 간의 크기가 반복되는 경험을 하면서 무사히 완주했다. 종점에 있는 도우미들이 구원의 천사처럼 다가왔다. 케이블카 문이 열리자마자 재빠르게 껑충 뛰어내렸다. 내 몸의 모든 기능이 원상태로 돌아왔고 난 두 발로 걸을 수 있었다.

문제는 오늘의 목표인 스카이워크였다. 스카이워크 최종 종착지를 향해 걸어가는데 다리가 떨리고 온몸이 찌릿찌릿해서 주저앉고만 싶었다. 발 아래를 보지 않으려고 기를 썼지만 내 의지와 상관없이 눈은 까마득한 아래를 내려다보고 있었고 온몸이 얼어붙었다. 결국 중간에 포기하고 되돌아왔다.

국민학교 입학 후 담임 선생님께서 미끄럼틀 앞으로 우리를 데리고 가셨다. 사다리처럼 올라가야 하는 곳으로 데려가서 한 명씩 올라가도록 했다. 끝까지 올라가면 그곳이 미끄럼틀 정상이다. 거기서 엉덩이를 깔고 죽 내려오면 미끄럼틀 완주다. 그런데, 미끄럼틀 정상에서 명자(가명)가 꼼짝하지 않고 서 있기만 했다. 내려오라는 선생님 말씀의 꼬리를 물고 명자는 엉엉 울면서 주저앉았다. 결국 친구들이 올라가서 명자를 가운데에 앉히고 앞뒤로 한 명씩 앉았다. 명자는 그렇게 확실한 보호 속에 내려왔다. 명자 바지가 젖어 있었다. 너무 무서워서 오줌을 싼 것이었다.

발왕산 스카이워크에서 그 친구가 생각났다.

꽁치

내 생일상에는 늘 구운 꽁치가 올라왔다. 고향이 농촌이라 주로 푸성귀와 구황작물을 먹었다. 생선이라고는 제사상과 명절에 올라오는 조기와 아버지가 낚시해서 잡아 오시는 붕어, 잉어, 그리고 이름 모르는 작은 물고기 정도였다.

대학교 졸업 후, 나는 서울특별시의 교육공무원이 되었다. 시골 촌놈이 특별시에 적응하느라 좌충우돌의 시간을 보내다가 1992년에 동료들과 함께 울릉도로 여름 휴가를 갔다. 어느 횟집 수족관에서 동글동글하게 말려있는 다리가 여러 개 달린 놈 이름을 물어봤더니, 오징어란다. 그 유명한 울릉도 오징어. 세상에나~~~ 난 그런 오징어는 처음 보았다. 오징어는 세모난 머리에 넓적하게 쫙 펴진 몸 그리고,

그리움 한 스푼

여러 개의 다리를 가지고 있는 놈으로 알았다. 난 1992년에 처음으로 살아 움직이는 오징어를 보았다. 지금도 수족관에서 돌돌 말린 몸으로 물 위를 유유하게 헤엄치던 오징어를 잊을 수 없다. 황당해하던 동료들 얼굴도 잊을 수 없다.

어린 시절, 소나기가 한바탕 퍼붓고 나면 길바닥에 나뒹구는 미꾸라지들이 많았다. 동네 어른께서 용이 되려고 승천하다가 실패해서 땅으로 다시 떨어졌다고 했다. 그땐 그것이 진짜인 줄 알았다. 어린 시절에도, 어른이 된 1992년에도 생선에 대해서 그렇게 무지했으니…….

어느 날, 오일장에 가신 할머니가 등 푸르고 날씬하게 생긴 긴 생선을 사 오셨다. 잔 가시가 많긴 했지만, 살도 많았고 맛도 여태 먹어봤던 거와 확연히 달랐다. 이름이 꽁치란다. 난생처음 먹어본 꽁치는 나의 마음을 온통 빼앗을 정도로 맛있었다. 정말 맛있게 먹었다. 다음 날 학교에 가서 진짜진짜 맛있는 꽁치라는 생선을 먹어봤다고 자랑을 했다. 내가 얼마나 꽁치를 좋아했는지 할머니께서 그날 이후로 나의 생일에는 꼭 꽁치를 구워주셨다. 꽁치는 또 다른 맛의 세계를 경험하게 했고 오랫동안 나의 생일상에 올라와 나의 입을 즐겁게 했다.

6장

1970년대 초 농촌 풍경

저 푸른 초원 위에
그림 같은 집을 짓고 ♪♬

모내기

"넘기소."라는 굵직한 아저씨 목소리에 모두 허리를 편다.
잠깐 숨을 몰아쉬고 다시 고개를 숙인다. 손에 쥐여져 있는
모를 서너 개 떼어내어 논바닥에 꽂는다.

　다시 "넘기소."라는 소리
가 울린다. 아저씨 두 분이
논 가장자리에 서서 못줄(일
정한 간격으로 끈을 묶어서 표시
한 줄)을 넘긴다.

못줄

일렬로 줄 선 아줌마 아저씨들이 또 허리를 폈다가 다시 숙인다. 저만치 앞에는 일정한 간격으로 심어놓은 모들이 바람에 살랑살랑 나부낀다. 나도 논 한가운데에 서 있다. 못단(모를 일정한 수만큼 묶은 단)을 사람들이 필요로 하는 장소로 부지런히 옮겨준다.

이리저리 뛰어다니느라 바쁘다. 갑자기 "언니야!"라며 숙이가 소스라쳐 부른다. 목소리에 놀라움이 가득하다. 숙이의 검지손가락 끝을 따라가니 검은 거머리가 내 다리에 붙어있다. 손으로 잡아떼자 검붉은 피가 흘러내린다. 내 아까운 피를 요놈의 거머리가 빨아먹은 거다. 논 밖에 내팽개치고 장화 신은 발로 좌우로 비틀어서 저세상으로 보낸다.

피를 보충할 방법을 찾아야 한다. 때맞추어 엄마가 큰 방탱이를 머리에 이고 나타난다. 모 심던 사람들이 종아리 여

그리움 한 스푼

기저기 묻어있는 흙을 그대로 방치하고 방탱이 주위에 빙 둘러앉는다. 점심은 비빔밥이다. 엄마가 먼저 한 숟가락 떠서 논으로 던진다. "고시레" 소리와 함께.

일하고 먹는 밥은 언제나 꿀맛이다. 손이 언제 움직였는지 벌써 밥을 다 비볐다. 숟가락 바닥까지 혀끝으로 주욱 핥아먹는다. 동네 아주머니 아저씨들도 밥이 입에 들어가기 바쁘다. 물 대신 막걸리를 마시는 아저씨들이 "카~아" 소리를 낸다. 노란 주전자에서 하얗게 뿜어져 나오는 막걸리가 눈부시다. 햇빛에 반사되어 폭포수 같다. 숙이 눈이 가자미같이 옆으로 돌아간다. 식사를 끝낸 아주머니 아저씨들이 서서히 논으로 향한다. 숙이가 잽싸게 주전자를 낚아채어 입으로 들이붓는다. 탁탁 두들겨도 한 모금도 나오지 않는다. 못마땅한 듯 숙이 입이 옆으로 뒤틀린다. 그런 숙이를 애써 외면하고 나도 벌떡 일어나 논으로 들어간다.

"넘기소." 아저씨 소리가 들리고 못줄이 넘어간다. 흥에 겨운 아줌마 아저씨들의 노랫소리가 바람 속에 섞인다. 이 노랫소리가 끝날 즈음에는 논이 한들거리는 모들로 가득하리라. 서쪽으로 기울어가는 노을 속에 풍년을 기원하는 농사꾼들의 흥얼거림이 논 끝까지 출렁인다.

누에치기

외갓집 방문을 여니 방 안에 잠박이 가득하다. 잠박 위에 아주 작은 누에들이 꼼지락거린다. 뽕잎 갉아먹는 소리가 종이 구기는 소리와 흡사하다. 그 소리에 귀가 간지럽고 하얀 누에의 꼬물거림에 눈이 어지럽다. 농촌에서 누에치기는 짭짤한 부업거리이다. 많은 사람들이 누에를 친다.

누에는 뽕잎을 먹고 자란다. 유아 누에는 뽕잎을 아주 잘게 썰어주어야 한다. 청년 누에가 되면 듬성듬성 잘라주어도 잘 먹는다. 똥도 잘 싼다. 먹고 자고 싼다. 장년 누에가 되면 뽕잎을 통째로 던져놓기만 해도 서로 경쟁하듯이 먹는다. 커갈수록 먹는 소리가 엄청 크다. 뽕잎을 던져주고 재빨리 방을 나와야 한다. 그곳에 있다가는 귀를 틀어막아야 한다. 수백 마리가 쉬지 않고 먹어대는 소리가 기차 화통 삶아 먹는 것 같다. 똥 양도 많아진다. 그리고 자랄수록 징그러워진다. 모습도 징그럽고 꿈틀거림도 징그럽다. 그 모습을 보지 않으려고 뽕잎을 비디오테이프 빨리 감기 속도로 던진다.

장년을 지나 노년에 접어들면 누에는 새롭게 변신 준비를 한다. 노년 누에 역시 쉬지 않고 먹는다. 마지막 만찬을 먹고 나면 잠박에 깔아 준 짚 위에서 실을 뽑아 고치로 변신한다. 징그러운 모습은 어디론가 사라지고 고상하고 품위 있는 흰 고치로 변해 요조숙녀처럼 앉아 있다. 고치에서는 징그러운 누에 모습을 상상하기 어렵다. 예쁘고 큼직한 고치는 상품으로 판다. 상품 가치가 없는 못난이들은 펄펄 끓는 물 속으로 강제 투하된다. 누에고치 안에 웅크리고 있는 번데기들은 사람 손을 거쳐 입안으로 들어간다.

난 고단백질로 똘똘 뭉친 그 번데기를 많이 먹었다. 따끈따끈한 번데기는 내 몸으로 들어가 튼튼한 몸이 되는데 기여했다. 그 덕분에 난 건강하게 자랐고, 누에치기는 해마다 농부들에게 기쁨을 선사했다.

누에

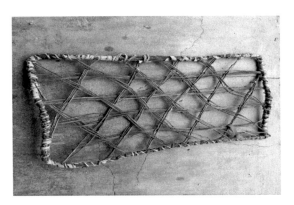

잠박

그리움 한 스푼

목화

우리나라에 목화씨를 가져오신 분이 문익점 선생님이시란 다. 그 선생님 덕분에 울 밭에서 목화가 자라고 있다. 목화 꽃이 얼마나 예쁜지 '보고 있어도 보고 싶다'라는 말은 목화 꽃을 두고 하는 말인 것 같다. 야들야들하면서 귀티 나고 색도 형언할 수 없을만큼 예쁘다.

이 꽃을 한참 쳐다보고 있으면 선물을 든 천사가 나타날 것 같다. 달콤한 다래를 들고. 다래는 아주 어릴 때 먹으면 달싹한 솜사탕 맛이 난다. 벌들이 이 속에 꿀을 저장해 놓은 것 같다.

그것뿐인가? 다래는 시간이 가면 입을 벌려 하얀 솜을 토해놓는다. 껍질을 깨고 살그머니 그리고 소리 없이 세상 밖으로 나오는 생명체가 바로 솜이다. 그 하얀 생명체는 시간이 갈수록 점점 부풀어 올라 네댓 개의 폭신폭신한 하얀 쿠션으로 변한다.

여기저기 다래 껍질 밖으로 나온 하얀 쿠션들이 한밭 가득하다. 밭에 눈이 온 것 같다. 밭 한가운데 서 있으면 하얗게 변한 이 세상이 모두 내 것 같다. 두 팔 벌려 고개를 뒤로 젖히면 새파란 하늘과 새하얀 목화솜을 배경으로 한 멋진 세상과 마주한다. 그 멋진 세상이 내가 만든 작품이다. 작품 속 시골 꼬맹이가 목화솜을 한 개 한 개 뽑아낸다. 손에 닿는 느낌이 포근하다. 손바닥 위에 올려놓고 후~우 불면 하늘로 날아가 뭉게구름이 될 것 같다. 목화솜을 안고 고개를 옆으로 누이면 그대로 잠들 것 같다. 소녀는 그 목화솜으로 만든 솜이불을 덮고 한겨울을 따뜻하게 났다.

목화꽃은 내 눈을 즐겁게 했고 다래는 내 입을 황홀하게 했으며 목화솜은 내 몸을 따뜻하게 해주었다. 아낌없이 주는 식물, 그 이름은 바로 목화이다.

소꼴 뜯기

학교에 다녀오면 망태와 낫을 들고 소꼴(쇠꼴)을 뜯으러 갔었다. 소에게 먹일 풀 베러 가는 것을 소꼴 뜯으러 간다고 했다. 낫으로 베는 것인데 왜 뜯으러 간다고 했는지는 의문이나 그땐 어른들이 그렇게 말씀하셔서 그러려니 했다. 소꼴도 소풀이나 소먹이가 맞는 것 같은데⋯⋯.

여하튼, 소꼴 뜯으러 친구들과 같이 가기도 하고 때로는 혼자 가기도 했다. 어렸을 땐 겁이 없었는지 혼자서도 들과 산으로 잘 다녔다. 집 가까이에 있는 논두렁 밭두렁에도 소가 먹을 수 있는 풀이 있었지만, 농약을 정기적으로 치기에 무턱대고 뜯기엔 위험했다. 그래서, 주로 산으로 많이 다녔다. 소가 먹으면 설사한다는 쇠뜨기 풀 외에는 소는 못 먹

그리움 한 스푼

는 풀이 거의 없었다. 소풀 뜯다가 억센 풀에 손이 베이기도 했었다. 아릿한 아픔이 느껴져 손을 보면 피가 나오고 있었다. 베인 곳을 손가락으로 꾹 눌러 피가 못 나오게 막았다. 때로 모래나 흙을 뿌리기도 했는데 이렇게 하면 피가 덜 나왔다. 그때는 모래와 흙이 치료제 역할을 하는 줄로 알았다.

소꼴을 뜯기 싫은 날에는 망태에 풀을 살살 펴서 담았다. 그러면 적은 풀로 망태를 빨리 채울 수 있었다. 망태 위까지 풀이 차면 키가 큰 풀을 베어 위에 세웠다. 머리카락 묶을 때 머리 한복판(중간)에 묶으면 머리카락들이 하늘을 향해 쫙 퍼지는 것과 같이 망태 끝부분을 풍성하게 채웠다. 그렇게 하면 풀을 엄청 많이 뜯은 것처럼 보였다. 낫을 풀위에 꽂고 망태를 머리에 이고 빠르게 걸었다. 걸을 때마다 망태가 출렁거려서 살살 편 풀들이 발로 누른 것처럼 쑥쑥아래로 내려갔다. 하늘을 향해 풍성하게 서 있던 풀들이 망태 끝부분까지 내려와서 군대 간 지 한 달 정도 된 군인 아저씨의 깍두기 머리처럼 볼품없어 보였다. 집으로 들어가기 전에 다시 풀들을 살살 손으로 들어 올려서 풍성하게 보이도록 눈속임을 하기도 했다. 집에 오면 누가 보기 전에 얼른 풀을 꺼내서 마당 한 켠에 살살 널어놓았다. 명자가

놀자고 내 이름을 크게 부른다. 살살 퍼던 소꼴을 던져놓고
명자를 향해 달려간다.

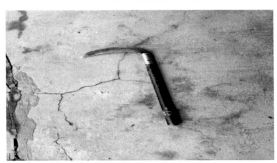

망태(위)와 낫(아래)

그리움 한 스푼

구루마

아버지와 같이 구루마(소달구지)를 타고 논에 갔다. 볏단들이 머리를 맞대고 서로 몸을 의지한 채 서 있다. 벼를 베어 볏단으로 만들어 세워두면 공기가 통해 벼가 잘 마른다. 그리고 얼기설기 겹치게 두면 바람에도 쓰러지지 않는다.

　오늘은 볏단을 집으로 옮겨 벼 타작을 하는 날이다. 볏단을 구루마에 시루떡 쌓듯이 차곡차곡 쌓는다. 높이 높이 쌓아 올린 뒤 볏단이 흘러내리지 않도록 굵은 줄로 앞에서 뒤로 또 앞으로 몇 번 반복해서 묶는다. 옆으로도 몇 번을 반복해 묶는다. 마치 트럭에 쌓아 올린 이삿짐이 떨어지지 않도록 단단히 고정하는 것과 같이 사방으로 묶는다. 그리고 잘 묶어졌는지 손으로 발로 툭툭 쳐 본다. 최종 점검 후 아버지는 나를 들어 볏단 위로 올린다. 고층 빌딩에 앉아 있다고 보면 되지 않을까?

줄을 꼭 잡고 있으라고, 꽉 잡았느냐고 확인하고 아버지는 소고삐를 잡고 구루마 앞쪽에 앉는다. 시골길은 포장이 안 되어 있기에 울퉁불퉁하다. 내 몸도 자연히 앞뒤로 흔들린다. 그럴 때마다 손에 힘이 가해진다. 상상해 보라. 해는 뉘엿뉘엿 기울어가고 소가 끄는 달구지엔 잘 익은 벼가 가득하고. 농부는 콧노래를 부르고 구루마 위에는 농부의 딸이 춤추듯이 흔들거리고. 풍요로운 가을이 떠오르지 않는가!

그리움 한 스푼

밀사리

밀사리가 무엇일까? 잠시 후에 그 궁금증이 해소될 것이다. 사족을 붙이자면 밀은 벼와 달리 익어도 고개를 숙이지 않는다.

자, 그럼 지금부터 글을 읽으면서 밀사리 과정을 머릿속으로 그려보자.

첫째, 마른 나무 막대기를 모아 불을 피운다.

둘째, 잘라 온 밀 줄기를 손에 잡고 불 위를 쓰윽 쓰윽 slow video로 지나간다. 그러면 밀 상단에 있는 긴 수염이 잠시 몸을 말다가 힘없이 떨어져 나간다.

셋째, 수염 없어진 품위 없는 밀을 불에 얹어 적당한 시간이 지나면 뒤집어준다. 잠시 방심하면 시커먼 몸으로 변신해 이승을 하직하고 저승으로 가버린다.

넷째, 세 번째 단계에서 시간 조절을 잘해 밀이 노릇하게 익으면 순간 낚아채서 불(火)과 안녕을 고한다.

다섯째, 열기가 살짝 가시도록 기다린 후 손바닥에 올려놓고 두 손으로 비빈다. 밀 껍질이 쓱쓱 벗겨지면 입으로 불어서 자연으로 날려 보내고 손안에 온전히 남아 있는 밀알을 입안으로 골인시키면 밀사리 과정이 끝난다. 손이 시커멓게 변하고 입 주변이 까맣게 되어도 아무도 관심이 없다. 그 순간 맛있게 먹으면 그것으로 충분한 것이다. 밀을 오래 씹으면 껌이 된다는 말을 듣고 쩌걱쩌걱해질 때까지 씹어대던 그 순진무구한 시골 소녀가 밀사리 그림 속에서 웃고 있다.

그리움 한 스푼

디딜방아

어릴 적 추억 속의 한 장면에 디딜방아가 있다. 발로 힘있게 밟아 내렸다가 올리기를 반복해서 곡식을 빻는 디딜방아.

지금은 민속촌에나 있음직한 아주 오래된 방아이다.

방앗간이 생긴 이후로 디딜방아를 사용하는 일이 없어졌고 이제는 옛날 유물이 되어버렸다. 자동으로 바뀌었으니 힘들고 오랜 시간이 필요한 수동을 고집할 이유가 없어진 것이다. 우리 집에도 디딜방아가 있었는데 무슨 이유인지 사용한 기억이 없고, 골목 입구에 있는 성식(가명)이네 디딜방아를 이용한 기억은 있다. 머리에 수건을 두른 엄마가 마른 빨간 고추가 담긴 대바구니를 머리에 얹고 앞장서서 걷는다. 난 행여 엄마를 놓칠까 조바심 내면서 엄마 뒤를 쫄랑쫄랑 따라간다. 성식이 엄마와 나의 엄마는 처녀 때부터 알고 지낸 사이로 친자매처럼 지낸다. 떨어질래야 떨어질 수 없는 디딜방아 다리처럼 사이가 아주 좋다. 오늘도 성식이 엄마가 우리랑 한 조가 되어 디딜방아에 올라선다. 디딜방아는 최소 세 사람이 필요하다. 두 사람은 방아다리에, 한 사람은 방아확 앞에.

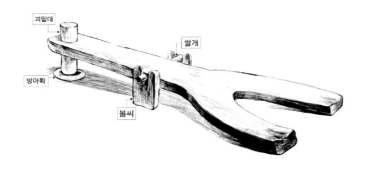

위 그림을 보면 디딜방아를 이해하는 데 도움이 될 것 같다. 방아다리 위 두 사람은 균형을 잡기 위해 천장에 매달린 줄을 잡고 한쪽 발은 방아다리 위에, 또 다른 발은 바닥에 놓는다. 방아다리 위에 올린 발을 힘차게 내리누르면 방아채 끝부분에 있는 괴밑대가 위로 들리고, 발뒤꿈치를 들면 괴밑대가 쿵 소리를 내면서 방아확 속 고추를 내리찧는다. 쿵덕쿵덕 소리가 반복적으로 연주되고 오래된 디딜방아의 쌀개 주변에서는 힘에 겨운 풀피리 소리가 난다. 방아

그리움 한 스푼

확 옆에 앉아 있는 엄마는 괴밑대가 들려 올라가는 그 짧은 순간에 빠른 손놀림으로 긴 나무 주걱을 방아확 속으로 집어넣어 올린다. 위에 있던 고추는 아래로, 아래에 있던 고추는 위로 위치를 바꾼다. 엄마의 손길에 따라 고추의 위치가 찰나를 이용하여 반복적으로 자리다툼을 한다. 시간이 갈수록 빨간 고추는 사라지고 빨간 고춧가루가 점점 많이 쌓인다. 고추의 매운맛도 그 강도가 세지고 우리의 재채기 소리도 잦아진다.

추석이 다가오니 까마득하게 잊고 있었던 디딜방아의 흥겨운 움직임이 커다란 보름달 속에서 절구를 찧고 있는 토끼와 함께 오버랩 된다.

콩 타작

풍요의 계절 가을은 농부의 배를 앞산만큼 부풀어 오르게
한다. 부푼 배를 자랑하며 콩이 누렇게 익은 들판을 향해
씩씩하게 행진한다. 낫으로 쓱쓱 콩대를 베어 부지런히 집
으로 나른다.

멍석

그리움 한 스푼

넓은 마당에 멍석을 깔고 콩대를 눕힌다. 강렬한 햇빛을 안은 콩대는 눈을 감고 점심때쯤이면 더 이상 견딜 수 없는 열기에 몸을 뒤엎는다. 며칠 동안 몸을 엎치락뒤치락하는 사이 콩대의 몸에서는 수분이 빠져나간다. 농부는 때가 되었다는 듯 멍석을 들추어 가장자리 밑에 길고 굵은 나무를 받친다. 멍석 끝이 위로 살짝 들리자 바싹 마른 콩깍지를 박차고 나온 콩이 때굴때굴 구르다가 멈춰 선다. 드디어 콩타작을 해도 될 만큼 콩대가 마른 것이다.

아버지와 어머니가 콩타작 도구인 도리깨를 하나씩 잡고 사선으로 비껴 선다. 사선으로 비껴 서는 이유는, 도리깨가 서로 부딪히지 않기 위해서이다. 도리깨를 손으로 잡고 뒤에서 앞으로 돌리면 도리깨 끝부분이 회전운동을 하면서

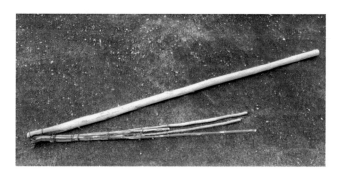

도리깨

원을 그린다. 탁 후려치면 콩대에 매달려있는 마른 콩깍지에서 콩들이 튀어나온다. 이때 '쿵' '짝'이 잘 맞아야 한다. 한 사람의 도리깨가 콩대를 칠 때 다른 한 사람의 도리깨는 어깨 뒤로 넘어가 있어야 한다. 아버지의 도리깨가 '쿵' 소리 나고 한 박자 뒤에 엄마 도리깨 소리가 '짝' 하고 난다. '쿵짝쿵짝' 소리가 노래처럼 울리고 콩깍지 속의 콩들은 그 소리에 맞추어 밖으로 튀어나온다. 콩대를 들면 세상 밖으로 나온 콩들이 멍석에 그득하다.

콩대를 걷어내고 삼태기에 콩들을 쓸어 담는다. 떨어져 나온 콩대 일부와 콩깍지도 헤어지기 싫다는 듯이 같이 엉겨붙는다.

삼태기

그리움 한 스푼

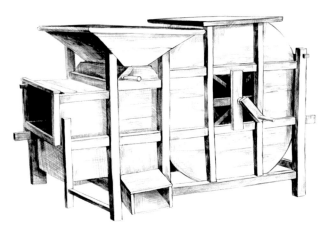

풍구

이것을 풍구에 넣어 손잡이를 시계 방향으로 돌리면 콩은 무거워서 풍구 아래로 떨어지고 나머지는 손잡이 잡고 돌릴 때 생기는 바람에 쓸려 날아간다. 풍구 아래쪽에 떨어진 콩은 가마니에 담는다. 이 콩들은 마지막 단계를 통과해야 하는데 이 일은 엄마 몫이다.

엄마가 콩을 키에 옮겨 위아래로 올렸다 내렸다를 반복하는데 이것을 울 고향에서는 '까분다'고 한다. 까부는 과정에서 끝끝내 안간힘을 쓰면서 남아있던 잡다한 부스러기는 자연스럽게 날아가고 키 안에는 온전한 콩만 남게 된다. 이런 과정을 거쳐 콩이 상품으로 단장하여 시장에 그 모습을 드러낸다.

난 이런 힘든 과정을 잘 알기에 콩 한 알도 귀하게 여
긴다.

키

그리움 한 스푼

벼 타작

오늘은 벼 타작하는 날이다. 아침부터 분주하다.

마당에 멍석을 깔고 탈곡기를 멍석 가장자리로 옮겼다. 벼 타작을 하려면 여러 명이 필요하다. 말린 볏단을 탈곡기 옆으로 옮기는 사람, 옮겨진 볏단을 풀어서 손에 쥐기 편한 양만큼 나누어주는 사람, 나누어 주는 벼를 받아 탈곡기에 대고 낟알을 떨구어내는 사람, 탈곡된 짚을 묶는 사람, 묶어놓은 짚단을 옮기는 사람,

옮겨진 짚단을 높이 쌓는 사람, 멍석에 벼 낟알이 수북이 쌓이면 고무래로 끌어내는 사람. 이 모든 사람의 손발이 척척 맞아 자동화된 기계처럼 움직여야 한다.

뭐 하나 중요치 않은 게 없으련만 탈곡기를 밟으면서 골고루 탈곡이 되게 하는 사람이 가장 중요하다.

손 다치지 않게 조심도 해야 하고.

탈곡기에서 뿜어내는 윙윙 소리가 사람들의 말소리를 다 잡아먹는다. 벼 낟알이 훑어지는 소리까지 더해지니 사람들이 하는 말을 알아들을 수가 없다. 입 모양 보고 무슨 말을 하는지 가늠할 뿐이다.

오늘 내가 해야 할 일은 탈곡된 짚단을 옮기는 것이다. 조금 게으름을 피우면 짚단이 밀리기에 부지런히 손발을 움직여야 한다. 한참 일하다 보니 코가 답답하다. 콧구멍 사이로 먼지가 들어가서 콧속이 거미줄을 쳐 놓은 것같이 답답하다. 둘째손가락으로 코를 눌러 횡 소리를 내니 먼지 범벅의 콧물이 떨어진다. 타작하는 날은 정말 힘들다.

탈곡기

그리움 한 스푼

깨쪼바리 뽑기

참깨밭에 꽃이 한창이다. 보송보송한 솜털을 달고 부끄러운 듯 얼굴을 아래로 향하고 있다. 꽃잎을 하나 떼어 손에 쥐고 끝부분을 입에 넣어 쪼옥 빨아본다.

약간 단맛이 난다. 이 맛 때문에 벌이 이렇게 많이 날아드나 보다. 밭 가득히 핀 참깨꽃이 바람을 친구 삼아 살랑살랑 춤을 춘다. 이 꽃이 지면 열매가 열리고 시간과 함께 익어갈 것이다.

오늘은 참깨 수확하는 날이다. 참깨가 내 키보다 크다. 밭 가득히 서 있는 참깨 밑둥을 스윽스윽 낫으로 벤다. 몇 개씩 모아 단으로 묶는다. 이 일은 부모님 일이다. 난 참깨를 베고 남아 있는 밑둥, 즉 깨쪼바리 뽑는 일을 한다. 밭일 중에서 내가 가장 싫어하는 일이다. 이유는 두 가지이다. 첫 번째는 땅속에 뿌리가 단단히 박혀있기에 힘껏 당겨야 하기 때문이다. 깨쪼바리가 미끌미끌해서 힘을 충분히 주지 않으면 뿌리는 뽑히지 않고 반작용으로 엉덩이 찧기가 일쑤다. 넘어지면 엉덩이도 아프고 옷도 지저분해진다.

두 번째는 깨쪼바리를 뽑으면 손이 더러워지기 때문이다. 장갑이 흔하지 않았기에 맨손으로 뽑는데, 일을 끝마치고 나면 손이 끈적끈적하고 마구마구 지저분해져서 비누로 씻어도 깨끗하게 씻기질 않았다.

다른 일에 비해 깨쪼바리 뽑는 일은 너무 힘들고 진도가 느리다. 한 개 뽑고 허리 펴서 뒷짐 한번 지고, 또 한 개 뽑고 허리 펴서 뒷짐 지고. 한 이랑 뽑고 나면 몇 이랑 남았는지 세어본다. 한 이랑 뽑고 나면 또 세어본다. 너무 힘들다. 허리도 아프고 손도 아프고 짜증이 난다.

해님은 왜 저렇게 천천히 움직이는지…….

빨리 어두워져야 오늘 일을 끝낼 텐데.

그리움 한 스푼

누가 참깨를 발견했는지 원망스럽다. 내년에는 모든 사람이 참기름, 참깨를 먹지 않았으면 좋겠다.

참깨 열매

새끼 꼬기

벼가 익어 출렁대던 누런 황금 들판. 메뚜기가 춤추고 참새가 잠시 쉬어가던 벼는 흔적 없이 사라졌고 벼의 밑동만이 줄지어 서 있다. 벼 추수가 끝났다. 낱알을 훑어내고 몸뚱이인 짚만 남아 있다. 드디어 짚의 전성시대가 찾아왔다. 여기저기서 짚을 찾는다. 짚의 쓰임은 열 손가락을 두 번 접었다 폈다 해도 부족할 만큼 다양하다. 한번 꼽아보자. 농사짓는 데 꼭 필요한 소의 먹이, 여물로 쓰인다. 농부의 안식처인 초가집 지붕의 이엉 재료로 쓰인다. 사람들이 이동할 때 신어야 하는 짚신의 재료로도 쓰인다. 이외에도 곡물 담는 가마니 재료, 겨울 농작물 보온용, 마늘, 시래기, 메주 매달 때, 흙벽돌 만들 때, 비 올 때 입는 도롱이 만들 때, 누에 칠 때, 콩나물 기를 때, 멍석 짤 때 등등.

그리고 오늘날 끈과 같은 역할을 하는 '새끼'를 꼴 때도 쓰인다.

나는 아버지 옆에서 새끼를 꼬았다. 깨끗이 정리된 짚 서너 개를 두 손에 잡고 손바닥으로 돌려 비비면 새끼가 꼬아진다. 짚을 비빌 때마다 사각사각 사과 깨무는 소리가 났다. 엉덩이 밑에 꼬여진 새끼를 깔고 앉아서 적당한 길이만큼 꼬아지면 한쪽 엉덩이를 살짝 들어 뒤쪽으로 밀어 보낸다. 엉덩이 뒤에 꼬여진 새끼가 뱀 또아리 모양으로 앉아 있다.

오늘 50년 만에 새끼를 꼬아보았다.

솜씨가 녹슬지 않았다. 사각사각 짚 돌아가는 소리가 그 옛날 사랑방을 떠올리게 한다. 아버지의 까만 머리카락과 높다랗게 쌓아 놓은 짚 더미 옆에서 손을 비빌 때 들리던 사각사각 짚 돌아가는 소리와 흑백영화의 필름 돌아가는 소리가 오버랩되며 지난 일이 주마등처럼 스쳐 간다.

짚 추리기

새끼 꼬기

　　　　　　　　　　　　　　　　　그리움 한 스푼

가을 묘사

아버지가 하얀 두루마기를 걸치고 그 위에 도포를 입고 머리에 갓을 썼다. 의관을 정제하고 엄숙하게 헛기침을 한번 하신다. 오늘은 김해 김가 안경공 할아버지 4대를 찾아뵙는 묘사일이다. 기일이 아닌 어떤 날을 정해서 후손들이 조상님들 산소에 모여 제사를 지낸다. 동네 뒤에 조상님들을 모신 묘가 엄청 많다. 전국 각지에 흩어져 사는 후손들이 모여든다. 서로 인사하기에 바쁘다. 안부를 묻고 아들과 손자를 문중 어른들께 아뢴다. 산소를 일일이 찾아서 산소의 주인과 어떤 관계인지 설명한다. 이게 묘사의 목적인 것 같다. 위로부터 내려오는 나의 뿌리 알기와 후손이 누구인지 서로 아는 것.

물론 아들들만 참석한다. 아들만이 선조를 모시고 제사

를 지낼 수 있기 때문이다. 아들만이 뿌리로 인정된다. 딸인 나도 조상님 산소가 있는 순술베기(산소가 있는 지명)에 와 있다. 여러 할아버지 아저씨들을 본다. 그냥 본다. 나는 딸이기에 제사에 참석하지 못하고 여기 모인 할아버지와 아저씨께 인사도 못 올린다. 그럼, 난 왜 여기에 와 있는가? 나름의 목적이 있다. 저 산소 앞에 차려진 엄청난 음식들을 얻어먹기 위함이다. 국, 밥, 떡, 전, 과일, 생선, 고기 등등.

문중 유사가 장만하고 동네 청년들이 산소까지 지게로 이동시킨 저 많은 음식을 먹어보기 위함이다.

드디어 제사가 시작된다. 축관이 의례를 진행하고 집사 두 분이 연신 술을 따라 산소에 올린다. 왜 저렇게 절도 자주 하고 왜 저렇게 어려운 말로 진행하는지 모르겠으나 모두 엄숙하다. 조상님을 모시는 일은 엄숙하게 진행되어야 하는 모양이다. 일사불란하게 일어섰다 엎드린다. 난 배에서 들려오는 꼬르륵 소리에 눈앞의 시루떡이 엄청나게 크게 보인다. 등에 업혀 있는 동생 배에서도 내 배에서 나는 소리와 같은 소리가 난다. 얼마나 시간이 지났을까? 웅성 웅성 소리와 함께 사람들의 움직임이 자유로운 것으로 미루어 보아 드디어 제사가 끝났나 보다. 미처 인사하지 못한 어르신들이 서로 자식들을 소개한다. 나머지 사람들은 음식 먹을 채비를 하고 있다. 아저씨 두 분이 산소 주변에

그리움 한 스푼

서 있는 우리 앞으로 다가온다. 떡과 전을 나누어준다. 등에 업혀 있는 동생을 보고 몇 개를 더 얹어준다. 난 그것을 공손히 받아서 빠른 걸음으로 집에 왔다. 나도 나름 오늘의 목적을 달성했다. 조상님! 조상님 덕분에 이렇게 맛난 떡과 전을 배불리 먹을 수 있어서 감사합니다.

2022년 현재 조상님 묘 모습

메주 만들기

할머니께서 메주 만들 날을 받아오셨다. 이유는 알 수 없으나, 아무 날이나 메주를 만들 수 없단다. 오늘이 바로 메주 만드는 그날이다. 아침부터 엄마가 이리저리 왔다 갔다 분주하다. 먼저 큰 솥에 콩을 넣고 삶는다. 아궁이에 장작이 벌겋게 타고 있다. 김이 모락모락 나면서 구수한 냄새가 집 전체로 번져나간다.

나와 동생들은 먹을 것을 찾아다니는 산기슭의 동물처럼 코를 실룩거리면서 부엌 안을 기웃거려본다. 할머니가 손주들 마음을 알았다는 듯 미소를 짓고는 큰 나무 주걱을 솥 깊숙이 들이밀어 콩을 퍼서 우리에게 내민다. 냄새 그대로의 맛, 구수하다. 마음씨 넉넉한 할머니는 손주들에게 콩 먹이랴, 콩 뒤집으랴 바쁘다. 위에 있는 콩은 아래로, 아래에 있는 콩은 위로 올라오게 반복해야만 콩이 골고루 삶아진단다. 이것뿐인가? 콩이 끓어 넘쳐흐르면 솥뚜껑에 물도 끼얹어야 한다. 솥뚜껑에 물을 끼얹으면 부글부글 끓어오르던 것이 힘없이 푹 꺼져 내려간다. 신기하다. 이렇게 반복하기를 수 시간이 지났다. 할머니가 콩을 손가락으로 비비니 쓱 뭉그러진다.

드디어 콩 삶기가 끝났다. 콩은 우리 집에 있는 그릇 중에 제일 큰 통으로 옮겨진다. 이제 이사한 콩을 절구로 내리찍어 빻아야 한다. '쿵' 하고 눌러 찧으면 처음에는 잘 찧어지나, 찧으면 찧을수록 끈적끈적해져서 절구질이 점점 힘들어진다. 한 사람이 하기에는 힘든 작업이기에 식구들이 교대로 돌아가면서 절구질을 한다. 동생들 둘이 절구를 붙잡고 눌러 찧는다. 그나마 몇 번 찧지 못하고 엄마에게로 배턴을 넘긴다. 절구질할 때도 누군가 한 사람은 콩을 위아래로 번갈아 엎어줘야 한다. 콩들이 형체 없이 뭉크러진다.

네모난 메주틀에 보자기를 깔고 이것을 들이붓는다. 그런 다음 보자기를 비틀어 묶고 그 위로 올라가서 발로 자근자근 밟는다. 그렇게 해야만 메주가 단단해진다. 방 안에 메주가 그득하다. 향수를 뿌려 놓은 듯, 방 안 전체가 구수한 향으로 채워진다. 잠시 허리를 펴서 몸을 뒤로 젖혀 피곤을 덜어낸다.

휴식 시간이다. 메주가 굳을 때까지 기다렸다가 짚으로 묶고 매달면 메주 만들기가 끝난다. 연중행사인 메주 만들기가 끝났으니 오늘 밤부터 할머니와 엄마는 편안하게 두 발 쭉 뻗고 주무실 것이다.

우리 전통 음식인 된장 간장 고추장 만드는데 필요한 메주. 우리 조상들은 이러한 과정들을 어떻게 터득했을까? 조상의 지혜로움에 박수를 보낸다. 오늘 메주 만든다고 수고한 우리 식구 모두에게도 힘찬 박수를 보낸다.

그리움 한 스푼

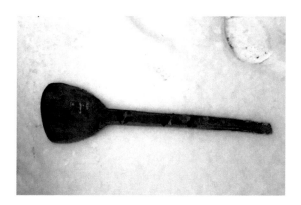

나무 주걱

메주틀

두부 만들기

오늘 저녁에는 맛있는 두부를 먹을 수 있겠다.

맷돌

그리움 한 스푼

엄마가 불린 콩을 맷돌에 갈고 있다. 어처구니를 잡고 맷돌을 돌리는 엄마 손이 빠르게 돌아간다. 나도 엄마 손 위에 내 손을 포개고 힘을 보탠다. 콩 한 숟가락 넣고 물 조금 넣어 돌리면 콩들이 맷돌 속으로 소용돌이치며 빠져든다. 돌돌돌 맷돌이 돌아가고 불린 콩은 물과 어우러져 몸이 부서지고 그 결과인 콩물이 작은 폭포가 되어 떨어진다. 가마솥에 콩물을 넣어 주걱으로 저어주면 부글부글 끓어오르다가 사그라지길 반복한다. 이렇게 진행되는 과정을 보고 있노라면 조금씩 조금씩 변화되는 모습이 신기하기만 하다. 가마솥에 간수를 넣자 콩물들이 몽글몽글 뭉쳐 뜬다.

치따리

이때를 기다렸다는 듯 치따리 위에 올려놓은 자루 안으로 콩물을 퍼 옮긴다. 배가 점점 똥똥해지는 자루 주둥아리를 단단히 묶고 나무판대기로 연신 눌러댄다. 치따리 밑에 놓인 방탱이로 노르스름한 액체가 쉴 새 없이 뚝뚝 떨어진다. 아버지가 넓고 평평한 다듬잇돌을 자루 위에 살포시 얹는다. 울음을 참고 있던 어린애가 드디어 눈물을 왈칵 쏟아내는 것처럼, 자루 속의 뜨거운 물이 주룩주룩 삐져나온다. 똥똥하던 자루가 평평해진다. 자루를 벗기고 그 안에 얌전하게 앉아 있는 두부를 큼직하게 썬다. 하나를 도마 위로 옮겨 입안에 들어가기 좋은 크기로 썬다. 김이 모락모락 나는 두부가 나의 눈을 유혹하고 입을 자극한다. 파, 마늘, 양파를 잘게 다진 양념간장에 두부를 살짝쿵 찍어 입 안에 쏘옥 밀어 넣는다. 따끈따끈하면서 몰캉몰캉한 감촉이 내 입을 즐겁게 한다. 오늘 저녁은 맛있는 두부로 내 배를 채워야겠다.

무 저장고

"아이쿠, 그놈 잘 자랐네. 튼실하네." 엄마가 무밭을 둘러보면서 흐뭇해한다. 밭에 심어놓은 무가 잎을 머리 삼아 이마를 세상 밖으로 삐죽 내밀고 있다. 얼굴 전체를 보여주지 않고 이마만 살짝 드러내놓고 있다.

오늘은 그 미지의 얼굴까지 남김없이 볼 수 있는 날이다. 무를 잡고 "하나, 둘, 셋." 소리와 함께 힘을 주어 위로 잡아 당긴다. 보금자리를 들쑤시고 무가 위로 뽑혀 올라온다. 허연 얼굴이 아니 허연 몸뚱이가 엄마 말처럼 튼실하다. 제법 무겁다. 튼실할 뿐만 아니라 생김새도 칭찬할 만하다. 올 해 무 농사는 대박이다. 구루마(소달구지)에 한가득 무를 싣고 집으로 돌아오는 길이 즐겁다. 구루마에 올라탄 엄마 얼굴에 웃음이 그득하다. 가을 무는 생김새도 멋지고 맛도 아주 달다. 그런데 이 근사한 무가 바람이 들면 무의 생명은 끝난다. 엄마 말에 의하면 바람 든 무는 아무짝에도 쓸모가 없단다. 그 근사한 무를 겨우내 싱싱하게 먹으려면 저장을 잘 해야한다.

아버지가 삽으로 마당 한 귀퉁이에 둥글고 깊게 구덩이를 판다. 엄마는 무청을 자른다. 그리고 구덩이 안에 무를 차곡차곡 쌓는다. 그 위에 나무 판때기를 가로 세로로 어슷하게 걸치고 짚을 올린다. 마당에서 파낸 흙을 다시 둥글게 모아서 작은 무덤처럼 만든다. 둥근 입구는 짚을 뭉쳐서 틀어막는다. 이렇게 무 저장고가 완성된다.

무가 필요할 때면 짚 뭉치를 빼고 입구 가까이에 있는 것부터 꺼내 먹는다. 입구 가까이에 있는 무는 엎드려서 손을 뻗쳐 꺼내기도 하고 칼끝으로 콕 찍어서 들어 올려 꺼내

그리움 한 스푼

기도 한다. 입구에서 멀리 있는 무는 긴 나무에 못을 박아서 콕 찔러 꺼낸다. 무 개수가 줄어들수록 겨울이 끝나가고 있음을 말해준다. 이렇게 마지막 한 개까지 꺼내 먹고 다시 마당을 납작하게 원상회복 시킨다.

나는 그 무 저장고를 미끄럼틀 삼아 놀았다. 두세 걸음이면 무저장고 정상이다. 정상에서 다리를 쪼그리고 앉으면 일 초 만에 바닥으로 미끄러진다. 우리 집 마당 귀퉁이에 있는 한시적인 무 저장고는 우리 5남매의 겨울 놀이터였다.

7장

그때는 있었고 지금은 없는

이듬 길은 하늘에 달빛 사라지고
호롱불 밝혀둔 초가집에 ♪♬

검정 고무신

검정 고무신의 장점은 물에 젖어도 걱정할 필요가 없다는 것이다.

신발을 거꾸로 엎어 물을 쏟아내면 그 자리에서 다시 신을 수 있다. 요즘 방수 신발과 크게 다르지 않다. 그런데, 이 고무신의 최대 단점은 너무 질기다는 것이다. 질겨서 새 신발로 바꿀 수가 없다. 바꾸려면 신고 있는 신발을 도저히 끌고 다닐 수 없을 정도로 발이 커지거나 대형 사고를 쳐야만 한다. 난 대형 사고를 치기로 맘먹었다.

징글징글하게 오래 신은 검성 고무신 옆을 연필 깎는 칼로 둥글게 잘랐다. 그리고, 그 부분을 큰 돌멩이 위에 놓고 갈았다. 왜? 칼로 자른 부분이 표시 나지 않게 하려고. 그래야 자연스럽게 신발이 망가진 것처럼 보인다. 왜 이렇게

했냐고? 당시 새로 나온 하얀 고무신을 신고 싶어서. 꺼무
튀튀한 검정 고무신보다 천사 같은 하얀 고무신이 너무 이
뻐 보여서. 그래서 성공했다.

하얀 고무신이 내 손에 들어온 날, 고무 냄새 나는 그 신
발을 안고 잤다.

그리움 한 스푼

갈비와 삭다기

나는 망태와 갈쿠리를 들고 집을 나선다. '갈비'(말라서 땅에 떨어진 나무 이파리를 말한다)를 긁어서 집으로 가져오기 위함이다. 늦가을이 되면 나무 밑에 떨어진 갈비들이 수북하다. 소나무 이파리, 떡갈나무 이파리 등을 갈쿠리로 긁어모아 망태에 담아온다.

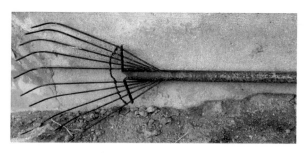

갈쿠리(갈퀴의 경상도 사투리)

이 마른 이파리들은 불쏘시개로 쓰인다. 불을 땔 때 가장 기초가 되는 불쏘시개가 갈비이다. 갈비 외 종이나 짚도 불쏘시개로 쓰인다. 아궁이에 불쏘시개를 넣고 성냥을 그어 불을 붙이고 몸을 구부려 아궁이 안으로 입김을 불어 넣으면 불이 잘 붙는다. (물론 입김을 불지 않아도 마른 불쏘시개는 아주 잘 탄다.) 불쏘시개에 불이 붙으면 그다음에 아궁이로 들어가는 게 죽은 나뭇가지다.

죽은 나뭇가지를 우리 동네에서는 '삭다기'라고 불렀다. 나는 삭다기를 꺾으러 자주 산에 갔다. 낫으로 삭다기를 쳐서 새끼로 단단히 묶어 머리에 이고 왔다. 지게에 지고 뒤뚱거리며 걸어오기도 했다. 이렇게 준비한 삭다기를 불쏘시개 위에 얹으면 불길이 더 치솟는다. 이때 장작을 넣어야 한다.

장작을 아궁이에 넣을 때는 요령이 필요하다. 일자로 쌓아 올리는 것이 아니고 X자로 엇갈리게 해야 불이 잘 붙는다. X자의 갈라진 틈 사이로 불쏘시개와 삭다기를 간간이 넣어서 장작에 불이 완전히 붙도록 해야 한다. 장작에 불이 붙으면 아궁이 앞에 달라붙어 있지 않아도 된다. 장작이 탈 때까지는 시간이 걸리기에 가끔 아궁이 안을 들여다보고 장작이 거의 타면 다른 장작을 넣는다. 우리 집 부엌에는 불쏘시개, 삭다기, 그리고 장작이 차곡차곡 쌓여있다. 내가 자란 시골에서는 취사와 난방을 이런 방법으로 했다.

삭다기(위)와 장작(아래)

참빗 사려

할머니를 따라 5일장(市場)에 가면 신나는 볼거리가 너무 많았다. 그중에서도 방물장수 아저씨의 이동 네모판(목에 걸 수 있는 물건 전시용 나

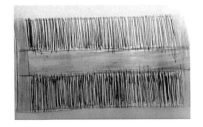

참빗

무판)에 진열되어 있는 다양한 것들이 나의 눈을 사로잡았다. 그중 하나가 바로 참빗이었다. 참빗은 양쪽이 빗살로 되어 있다. 빗살이 가늘고 촘촘해서 일단 걸렸다 하면 빠져나갈 수 없을 정도로 빈틈이 없다.

그 옛날에는 사람 몸과 머릿속을 살살 기어 다니면서 사람들을 근지럽게 하는 '이'라는 아주 작은 벌레가 있었다. 이 '이'를 죽이는 방법은 다양했다. 옷 속을 기어 다니는 '이'는 옷을 벗어 펄펄 끓는 물에 넣거나, 직접 잡아 엄지손톱으로 눌러 죽였다. 머리카락 속을 기어 다니는 '이'를 죽이는 방법은 세 가지가 있다. 첫 번째는 농약의 일종인 DDT를 이용하는 방법이다. DDT를 머리카락 속에 허옇게 뿌려 놓고 시간이 흐른 후에 머리를 빗으면 죽은 이들이 후두둑 흘러내렸다. 농약을 아이들 머리카락에 뿌렸다니 아찔함과 아울러 무지함이 느껴지나, 동시에 그 당시 이가 얼마나 많았는지 짐작하고도 남음이 있을 것이다.

두 번째는 엄마가 한가할 때 햇빛 잘 드는 곳에서 아이를 무릎에 눕혀 놓고 머리카락을 이리저리 뒤적이면서 이를 찾아 죽이는 방법이다. '찍' 소리가 나면 엄마의 양 엄지손톱 사이에서 이가 사망하는 것이었다.

마지막이 바로 참빗을 이용하는 방법이다. 빗살이 가늘고 촘촘한 참빗으로 머릿밑이 닿도록 빗어 내리면, 빗살에 이가 끼어 딸려 나온다. 그래서 5일장에서 참빗은 인기 있는 물건이었다. 참빗 파는 아저씨의 "참빗 사려"라는 호소력 짙은 목소리도 인기에 한몫했다. 턱을 바싹 앞으로 당기고 최대한 목소리를 깔아서 굵고 허스키하게 "참빗 사려"

하고 외치는 소리는 시장에서 단연 돋보였다.

내가 5일장에서 얻은 소득은 방물장수의 외침을 그대로 흉내 내는 것이었다. 증조할머니와 동생들 앞에서 손을 앞으로 내밀어 이동 나무판을 받치고 돌아다니는 방물장수 모습을 그대로 살려 "참빗 사려, 참빗 사려" 하고 외치면 모두 5일장의 방물장수를 보는 듯이 좋아했다.

지금은 방물장수도 사라졌고, 그 많던 '이'도 구석기시대 번창했던 이름 모르는 동물처럼 흔적 없이 사라졌다.

그리움 한 스푼

객구와 양밥

아버지가 초상집에 다녀오셨다. 할머니께서 아버지가 집
안으로 들어오시기 전에 아버지를 향해 소금을 뿌리셨다.
그 일은 초상집에 다녀올 때마다 치르는 의식이었다.

　어느 날, 초상집에 다녀오신 아버지가 끙끙 앓기 시작했
다. 증조할머니께서 "객구 걸렸다."라고 하시면서 양밥(병
을 낫게 하는 일종의 행위)을 잘하는 종수 할머니를 모셔오라
고 했다. 종수 할머니는 우리 동네에서 인정하는 객구(객
귀)를 물리치는 유명한 전문의이다. 군데군데 기억나는 장
면은 이러하다. 아버지가 집 입구에 서 있는 대추나무 옆
에 앉으셨다. 아버지 옆에 소금 통, 밥 담긴 박 바가지, 물
담긴 바가지, 식칼이 놓여있었다. 종수 할머니는 소금 통
에 담겨있는 소금을 한 움큼 쥐어 동서남북 사방으로 뿌리

고 아버지에게도 뿌리셨다. 그런 다음 식칼을 들고 아버지 머리 위를 반복해서 왔다 갔다 한 후, 땅바닥에 X자를 긋고 집 밖으로 식칼을 던지셨다. 박 바가지에 담긴 밥도 식칼 던진 곳을 향해 던지고 바가지를 밟아 박살을 내셨다. 그리고, 입에 물을 잔뜩 물고 아버지를 향해 뿜으셨다. 계속 중얼중얼 뭔가 주문을 외우셨는데 "객구야, 썩 물러가라, 썩 물러가라, 썩 물러가라."라고 말씀하셨던 것 같다. 그렇게 한바탕 난리를 피운 후에 아버지 상태가 좋아지셨다. 이렇게 효험이 있다 보니 종수 할머니는 객구 물리치는 양방 전문의로 소문이 났던 것이다.

그런데, 이게 의학적으로 어떻게 설명이 될 수 있을까?

물 긷기

집에 펌프가 생기기 전, 우리는 100m 거리에 있는 마을 공
동 우물터에서 물을 퍼 담아 집으로 날랐다. 부엌에 엄청
나게 큰 빨간 통이 있었다. 물 보관 통이었다. 아궁이에 땔
감을 때면 그을음이 생기고, 부엌 흙바닥을 쓸 때면 먼지가
일어나기에 물통을 꼭 덮어두었다. 물 긷기는 엄마 일과 중
하나였다. 60여 세대가 모여 사는 우리 마을에는 공동 우
물이 3개 있었다. 마을 아낙네들은 모두 우물로 물을 길으
러 나왔다. 우물에는 늘 두레박이 있었고 큰 뚜껑으로 덮여
있었다. 두레박으로 물을 길어 올리면 철철 넘쳐흘러서 마
지막까지 두레박 안에 남아있는 물이 아주 적었다. 몇 번을
들어올려야만 방탱이에 물이 찼다. 머리에 따베이(똬리의
경상도 사투리)를 얹고 그 위에 조심스레 방탱이를 얹어 집으

로 향했다. 길바닥이 울퉁불퉁한 흙길이라서, 걸을 때마다 힘들게 담았던 방탱이 물이 넘쳐흐르곤 했다. 그럴 때마다 한 손으로 조심스레 방탱이 옆을 스치듯이 닦았다. 출발할 때는 방탱이에 가득 찼던 물이, 집에 도착해 물 저장 통에 부을 땐 많이 줄어 있었다. 엄마는 작은 물 항아리에 물을 담아 이고 오셨다. 물 항아리는 입구가 좁아서 물이 찰랑거려도 넘쳐흐르는 양이 적었다. 반면에, 방탱이와 달리 무겁고, 잘못해서 엎어지면 깨지기에 어린애들은 사용하지 못했다. 한 번에 물을 많이 길어 오려면 물지게를 사용했다. 물지게를 사용하면 한 번에 물 두 통을 나를 수 있다. 대신에 힘이 두 배로 들고 중간에 한 번 쉬어야 할 정도로 어깨가 아팠다. 오른쪽에 물통 하나, 왼쪽에 물통 하나를 메고 오면 어깨가 뻐근하고 다리가 후들거렸다. 그렇게 길어 온 물로 밥하고 국 끓이고 반찬하고 세수까지 했다.

대가족인 우리 집은 하루에 물 사용량이 엄청 많았다. 물 긷기는 주로 여자들의 일이었는데 그 힘센 남자들은 왜 물을 안 길었을까? 어떤 금기가 있었을까?

오랜 시간이 흐른 후, 집집마다 펌프가 생겼다. 마중물을 넣고 펌프를 잡아 위아래로 올렸다 내렸다 하면 지하수가 솟아났다. 더 이상 여자들이 물을 긷지 않아도 되었다. 학

그리움 한 스푼

교 다녀와서 세수도 하고 발도 맘껏 씻었다. 펌프는 하나의
혁명이었다.

그때 방탱이를 머리에 이고 다녀서 목 디스크가 생긴
걸까?

펌프

참새 사냥

눈이 하얗게 내리는 날이면 동생과 함께 참새 사냥 준비를
한다. 눈 내린 날에는 유난히 많은 참새가 집 안으로 모여
든다. 땅 위의 먹이를 눈이 덮어버려서 먹거리가 없어진 탓
이다. 우리는 때를 놓치지 않고 적극적으로 참새 사냥에 나
선다.

삼태기를 막대기로 곧추세우고 그 안에 벼 낱알, 왕겨 등을 밑밥으로 뿌린다. 막대기에 끈을 길게 매달아 방 안으로 끌고 들어온다. 동생은 그 끈을 잡고 있다. 나는 손가락에 침을 묻혀 문 창호지에 동그랗게 구멍을 낸다. 감시망이다. 감시망을 통해 삼태기 안을 주시한다. 먹이를 찾아 삼태기 안으로 머리를 들이미는 참새를 보는 순간 "당겨"라고 소리친다. 동생은 그 순간 바로 끈을 잡아당긴다. 참새는 꼼짝없이 삼태기 안에 갇힌다.

동생과 나는 이런 상상을 하며 즐거이 참새 사냥을 하고 있다. 참새가 마당에 앉아 종종걸음을 친다. 참새 머리가 땅을 향해 콕, 하늘을 향해 콕, 콕콕 반복 행동을 한다. 마음을 졸인다. 제발 제발 삼태기를 향해 전진하길. 그러나 그냥 날아가 버린다.

짜증이 나서 댓돌 아래 검정 고무신을 날린다. 골~인. 고무신이 삼태기 안으로 제대로 걸려든다. 막대기를 '탁' 치면서 삼태기가 엎어지고, 우린 그날 검정 고무신을 잡았다.

호롱불

내 고향 집에 전깃불이 들어온 것은 국민학교 5학년 때로 기억된다. 처음 전기가 들어온 날, 온 식구가 기립해서 깜박깜박하는 형광등을 고개를 뒤로 꺾어 처다봤다. 한순간 거대한 별똥별이 우리 집에 떨어진 것 같은 환함이 우리를 환호하게 했다. 그것은 천지개벽이었다. 그러나 천지개벽은 자주 천지 암흑으로 바뀌었다. 엄마가 저녁상을 방 안에 들이미는 그 순간, 국어책을 넘기는 순간, 바늘에 실을 꿰는 찰나에, 느닷없이 잠깐씩 이별을 고하곤 했다.

혹 극장에서 이런 경험을 해본 적 있는가? 경찰에게 쫓기고 있는 범인이 더 이상 도망갈 수 없는 절벽 위에 서서 자신을 향해 달려오는 경찰들을 뒤돌아보는 바로 그 순간에, 필름이 끊어져 스크린에 번쩍번쩍하는 길고 짧은 선들이 등장할 때의 그 느낌, 그거랑 다르지 않으리라.

전깃불이 들어오기 전에는 어떻게 살았느냐고? 호롱불과 함께 살았다.

입구가 좁은 커피잔 모양의 도자기를 만들어, 가는 구멍이 뚫린 뚜껑을 그 위에 얹은 것이 호롱이다. 뚜껑은 두 손가락으로 집어야 할 정도로 작다. 천을 비틀어서 만든 심지를 호롱에 담은 후에 뚜껑 구멍 위로 살짝 뽑아 올린다. 호롱에 석유를 붓고 성냥불을 심지에 붙이면 그게 바로 호롱불이다.

충분히 그림을 그려볼 수 있으리라. 맞다. 민속촌이나 박물관에 가면 볼 수 있는 그것이다.

이 호롱불에 얽힌 나의 추억 한 컷을 끄집어 내어본다.

여동생과 호롱불 근처에서 노닥거리다가 동생이 팔을 휘저으면서 호롱을 쳤다. 순식간에 호롱대 위에 놓여있던 호롱이 나뒹굴면서 안에 있던 석유가 내 무르팍에 왕창 퍼부어졌다. 금방 무릎에 송골송골한 물집이 생기고……

그리고 흉터가 생겼다. 지금은 없어진 호롱불처럼 그 흉
터도 어디론가 사라져버렸다.

그리움 한 스푼

메뚜기

누렇게 익은 벼가 고개 숙여 겸손을 표할 때, 친구들과 같이 메뚜기 사냥을 하러 간다. 준비물? 집에 다행히 빈 병이 있다면 가져가고, 없다면 그냥 가는 수밖에. 논에 가서 벼 줄기를 하나 뽑으면 그만이니까. 아! 필요한 게 있다. 바로 날쌘 손놀림. 벼 위에 앉아 있는 메뚜기를 보면 살금살금 다가가서 손으로 순식간에 '획' 낚아채야 한다. 낚아챈 메뚜기의 머리와 날개 부분을 잡고 살짝 구부려서 날개 시작 부분에 벼 줄기를 밀어 넣어 머리 하단 쪽으로 뽑아 올린다. 그리고 벼 줄기 아래쪽으로 쑥 밀어버린다. 아래에 수북이 매달린 벼 낟알이 차단벽이 되어 도망갈 수 없다. 한 마리씩 잡을 때마다 벼 줄기에 끼워 밀어 내리면 메뚜기 위에 메뚜기가 줄줄이 비엔나처럼 엮인다.

병을 가져간 친구는 잡는 족족 병 안에 넣으면 그만이다. 단점은 병 안에 오래 넣어두면 이놈들이 배설한 더러운 오염물을 봐야 한다는 것이다. 반면에 벼 줄기에 엮인 놈들은 배설물이 모이는 곳이 없으니 더러운 꼴을 안 봐도 된다. 사방에 널린 메뚜기를 한 마리 한 마리 잡아 벼 줄기에 가득 엮으면 벼와 안녕을 고하고 집으로 달린다. 그날 저녁 메뚜기들은 우리 식구들의 단백질 보양식으로 유명을 달리한다.

그리움 한 스푼

방 안 할아버지 빈소

할아버지에 대한 몇 가지 기억이 있다. 성주골 고개를 같이 넘어가던 일, 꼴망태 멘 할아버지 따라가던 일, 손에 쥐어 주시던 눈깔사탕을 보고 싱긋 웃던 일 등등.

할아버지가 돌아가시고 작은방에 빈소가 차려졌다. 해뜨기 전과 해지기 전에 밥과 국이 차려진 작은 상이 빈소로 들어갔다. 때때로 곰방대에 불을 붙여 아버지가 한 모금 빨고 상에 올려놓기도 했다. 아침에 상 들어가는 것은 거의 보지 못했고 저녁에는 자주 그 광경을 지켜보았다. 엄마 말에 의하면 하루에 두 번씩 밥상을 올리고 곡을 해야 한단다.

빈소에 올리는 상은 정해진 순서와 그에 맞는 격식이 있었다. 처음엔 밥과 국이 차려진 상이 들어가는데 밥은 꾹꾹 눌러 수북이 담고 한가운데에 숟가락을 푹 꽂아둔다. 절을 하고 곡을 한 후, 국그릇을 방바닥에 내려놓는다. 엄마가 틈을 보고 있다가 국그릇이 내려지는 것과 동시에 물그릇을 올린 상을 들이민다. 아버지는 국그릇 있던 자리에 물그릇을 올리고 그 물에 밥을 만다. 잠시 기다렸다가 그 물밥을 아버지가 드신다. 할아버지 드시라고 차려놓고는 늘 아버지가 드셨다. 어렸을 땐 그게 오랫동안 궁금했다. 그리고 또 한 가지 궁금한 것은 곡소리였다. 빈소에서 들려오는 "아이고~아이고~"라는 곡소리는 분명히 슬피 우는 울음소리였는데 눈물은 보지 못했다. 빈소에서 슬픔을 다 정리하고 나오시는 모양이었다.

한 달에 두 번은 아주 푸짐하게 상이 차려졌는데 음력 초하루와 보름날이었다. 이날은 나도 상에 올리는 놋그릇을 닦아야 했다. 짚에 기와 가루를 묻혀 내 얼굴이 비치도록 깨끗하게 닦았다. 놋그릇의 녹인지 기와 가루인지 알 수 없었지만 누런 짚이 짙은 회색으로 변해 있었다. 꽤 오래 빈소가 차려져 있었는데 엄마 말에 의하면 삼 년을 그렇게 했단다. 이른바 삼년상이었다. 삼 년이 지나고 빈소는 철거되었고 곡소리도 더 이상 들리지 않았다.

초가집 지붕갈이

가을이 끝날 무렵. 나뭇잎이 떨어지고 나무가 추위에 움찔할 때. 초가집 지붕은 산뜻한 옷으로 새 단장을 한다. 일 년 내내 단벌 신사로 사계절의 모진 풍파를 견뎌냈기에 옷은 해질 대로 해졌고 색도 바랠 만큼 바랬다. 누런 초가지붕은 회색으로 기절했고 이엉을 고정시켜 마무리한 새끼줄은 손만 닿아도 바스러질 것 같다. 그러나 온 힘을 다해 버텼다. 조금만 인내하고 기다리면 새롭게 단장할 날이 오리라 읊조리면서.

드디어, 오늘 그날이 찾아왔다. 씩씩하고 힘센 남정네들이 온종일 지붕을 단장할 새 옷을 준비했다. 이엉을 엮고 기세당당한 용마름도 엮었다. 사다리를 타고 이엉을 업고 와서 몸 전체를 누런색으로 수놓아주었다. 발목을 덮고 종아리도 덮어주었다. 종아리를 덮을 때는 발목 윗부분을 살짝 겹치게 덮어주었다. 허벅지, 허리, 배, 가슴, 목, 얼굴까지 빈틈없이 감싸주었다. 비가 와도 눈이 와도 내 몸을 뚫을 수 없게 단단하게 포장해주었다. 새 옷을 입으니 몸이 따뜻하다. 감촉도 포삭포삭하다. 정수리 부분은 멋진 용마름으로 마무리해 주었다. 멋진 새 옷으로 일 년을 꿋꿋하게 버티리라.

튀밥과 강정

설이 가까워지면 동네방네 찾아다니면서 튀밥(뻥튀기)을 튀기는 아저씨가 있었다. 아저씨는 튀밥 기계에 갖가지 곡식을 넣어 돌리다가 익었다 싶으면 밑에 있는 불 항아리를 빼고 주변 구경꾼들에게 멀리 가라고 손 신호를 보낸다. 아이들은 저만치 달아나서 귀를 막고 눈은 기계 쪽으로 돌려 하얀 연기가 피어나길 기다린다. '뻥' 소리와 함께 허연 연기가 나타나고 고소한 냄새가 퍼진다. 아저씨는 길쭉한 튀밥 자루로 들어간 튀밥을 툭툭 털어 그릇에 담고 아이들에게 한 움큼씩 쥐여준다. 방금 나온 튀밥은 손에 안으면 따스하고, 입 안에 넣으면 침과 함께 뭉크러져 달콤함을 선사해 주었다.

튀밥 장수가 마을에 들어온 한겨울 그 어느 날, 온종일

'뻥' 소리와 함께 구수한 냄새가 났다. 그 튀밥으로 엄마가 강정을 만드셨다. 벌써 열흘 전에 엿과 설탕을 사 두었다. 강정 만드는 데 꼭 필요한 것이 엿과 설탕이다. 엿도 일반 엿이 아닌 강정 만드는 되직한 엿이 따로 있다. 이 엿을 설탕과 함께 솥에 넣고 바글바글 끓어오를 때까지 저어준다. 이것을 쌀 튀밥이 담긴 방탱이에 들이부어 숟가락으로 저어주면 천생연분처럼 엿과 튀밥이 착 달라붙는다. 쉬지 않고 바로 비닐 깐 강정 전용 틀에 들이붓는다. 홍두깨 또는 짧은 방망이로 평평하게 민다. 사르륵사르륵 밀리는 소리가 나의 귀와 입을 자극한다. 엄마의 손이 바삐 움직인다. 큰 도마 위로 옮겨 적당하게 식혀서 일정한 크기로 썰면 강정이 완성된다. 쌀 튀밥은 쌀강정, 콩 튀밥은 콩강정, 볶은 들깨로 만들면 들깨강정, 볶은 참깨로 만들면 참깨강정이 된다. 이 강정은 설 차례용으로, 손님 접대용으로, 우리 식구들 간식거리로 사용된다.

강정 만드는 날, 옹기종기 모여 앉아서 바삐 움직이던 엄마 손을 바라보던 그때가 아스라이 그리워진다.

쌀 튀밥, 가래떡 튀밥(위)와 강정(아래)

썰매타기

밤 사이 기온이 뚝 떨어졌다. 논이 꽝꽝 얼었다.

친구들이 썰매를 들고 논으로 몰려든다. 나도 썰매와 함께 논으러 뛰어들었다. 아버지가 나무로 만들어 준 썰매판과 얼음 위를 팍팍 찍으면서 달려 나가는 두 개의 손잡이를 들고서. 썰매판 밑에 스케이트 날 역할을 해주는 것이 박혀 있다. 나는 썰매판 위에 무릎을 꿇고 앉아서 양손에 손잡이를 잡고 얼음을 '팍팍' 찍으면서 앞으로 나아간다. 얼음을 찍을 때마다 부서져 튕겨 오르는 얼음 조각도 아주 신난다는 듯이 날아오른다. 마치 얼음 위에서 미끄럼틀 타는 것처럼 주~욱 주~욱 앞으로 미끄러져 나간다. "야호" 신난다. 옆으로 지나가는 친구에게 함박웃음과 함께 하얀 입김으로 인사를 건넨다. 친구들이 모두 신나게 썰매를 탄다. 우

그리움 한 스푼

리 세 자매는 썰매 하나를 가지고 타야 하기에 내가 썰매를 타는 동안에 둘째 숙이가 인간 썰매가 되어 셋째 미미를 끌어준다. 숙이가 서고 미미는 언니 뒤에 쪼그리고 앉는다. 숙이가 손을 뒤로 내밀자 미미가 언니 손을 잡는다. 이렇게 인간 썰매가 된다. 숙이가 미미 손을 잡고 얼음판을 달린다. 얼음판 위로 주욱주욱 미끄러져 나간다. 둘이서 신이 났다. 손을 놓치면 얼음판 위에서 한바탕 구른다. 얼음과 한 몸이 되어도, 그래도 신난다.

썰매판도 없고 인간 썰매도 만들지 못한 친구들은 얼음 위에서 발을 죽~죽~ 미끄러지게 해서 앞으로 나아간다. 스케이트 신은 것처럼 발을 움직인다. 얼음판 위에서 가만히 서 있는 친구는 없다. 다들 손과 발을 분주하게 움직인다. 발이 시려도 손이 시려도 아랑곳하지 않고 얼굴이 벌게지도록 논다. 친구 뺨이, 동생 뺨이 복사꽃같이 이쁘다. 겨울 빙판이여 내일도, 또 내일도 만나자꾸나.

그리움 한 스푼

때늦은 단풍

엄마가 양잿물 넣고 삶은 빨래를 머리에 이고 마을 빨래터로 향한다. 머리 위 방탱이에서 김이 모락모락 난다. 빨래터까지는 엄마 걸음으로 10분 정도 걸린다. 나도 엄마 뒤를 졸졸 따라간다. 빨래터에는 동네 아줌마들이 모여 있다. 빨랫감을 하나씩 꺼내놓고 방망이로 두들긴다. 왼손으론 바가지로 물을 퍼서 연신 옷에 들이붓는다. 숙련된 손놀림이다. 빨래터에 방망이 소리가 쿵쿵 울려 퍼진다. 맨손으로 차가운 물에 빨래하는 아줌마들 손이 뻘게진다. 한겨울, 엄마 손은 때늦은 단풍이 든다.

방앗간 할머니와 가래떡

설날이 다가오면 모두 분주하다. 그중에서도 가장 바쁜 사람이 방앗간 집 할머니이다. 새벽부터 밤까지 밥 먹을 틈도 없이 방앗간 기계들과 한 몸처럼 바삐 움직인다. 자동화된 기계처럼 쉴 새 없이 손발을 움직인다. 설맞이 준비로 마을 사람들도 새벽부터 방탱이를 머리에 이고 방앗간 앞에 줄을 선다. 방탱이 안에는 불린 쌀들이 봉긋하게 터를 잡고 앉아 있다.

오늘은 가래떡 뽑는 날이다. 방앗간 집 할머니께서 제일 앞에 다소곳이 앉아 있는 방탱이의 쌀을 기계 속으로 들이붓는다. 기계 돌아가는 소리가 '쿵쿵쿵' 기차 화통 삶아 먹는 것처럼 엄청 소란스럽다. 기계 소음 속으로 사라진 쌀은 눈처럼 하얀 쌀가루가 되어 미끄럼틀을 타고 내려온다. 머리에 누런 수건을 질끈 동여맨 방앗간 집 할머니가 쌀가루가 하나도 남김없이 내려오도록 양손으로 사각 통을 톡톡 친다. 쌀가루는 변신에 변신을 거듭한다. 쌀가루가 변신을 거듭할수록 방앗간 집 할머니의 모습도 변해간다. 방앗간 할머니 코는 날리는 하얀 쌀가루의 안식처가 되어 빈틈없는 거미줄이 처지고, 까만 눈썹은 논에 내린 서리처럼 하얀 쌀가루들이 걸터앉는다. 얼굴도 수건도 점점 하얀색으로 변해간다. 쌀가루는 마지막 변신을 시도하고 있다. 가래떡 전용 기계에서 동그란 관을 타고 아래로 아래로 미끄러지듯이 내려온다. 길고 동글동글한 원통형 모양을 하고 모락모락 피어나는 하얀 김을 온몸에 휘감은 채 부드럽게 물속으로 들어간다. 하얀 쌀은 마침내 하얀 가래떡으로 변신해 마지막을 장식한다.

이때 엄마가 큰 가위를 들고 등장한다. 엄마는 방금 샤워한 긴 가래떡을 일정한 길이로 잘라 방탱이에 차곡차곡 담는다. 나는 엄마 옆에 앉아 둥글고 긴 하얀 가래떡을 보며 침을 꿀꺽 삼킨다. 목젖이 살짝 부풀이 오르다가 꺼지면서 꾸르륵 소리가 배 속으로 미끄러져 내려간다. 엄마가 눈치채고 가래떡을 손가락으로 죽~ 잡아당겨서 새끼손가락 길이만큼 잘라 내 입으로 들이민다. 말랑말랑하고 따끈따끈한 가래떡이 내 입에서 춤을 춘다. 내 입 모양도 현란하게 춤을 춘다. 방탱이에 가래떡이 가득 쌓였다.

머리에 따베이(똬리의 경상도 사투리)를 올리고 그 위에 방탱이를 얹은 엄마가 집으로 향한다. 집에선 할머니가 가래떡이 오길 기다리고 있다. 할머니는 두 손으로 가래떡을 꾹꾹 눌러 절편을 만들어서 참기름을 바른다. 할머니 입으로 하나, 엄마 입으로 하나, 그리고 우리 형제들 입으로 하나씩 들어간다. 고소하고 쫀득쫀득한 절편이 아주 맛있다. 나는 절편 한 쪽으로 만족할 수 없어 긴 가래떡을 하나 들고 입 안으로 밀어 넣는다. 가래떡 길이가 짧아질수록 배가 불러온다.

뜨끈뜨끈한 가래떡을 방 안으로 옮겨 하나하나 떼어서 일렬로 죽 늘어놓는다. 방 안에 하얀 가래떡이 아무것도 걸치지 않고 누워있다. 부끄러워서일까? 가래떡이 온몸을 서서히 구부린다. 조금씩 조금씩 꾸덕꾸덕해진다. 이때를 기다렸다는 듯이 눈 붙어있는 사람들은 모두 도마와 칼을 들고 모여 앉는다. 가래떡을 떡국에 들어가는 떡 모양으로. 어슷썰기 시작한다. 처음에는 신기하고 재미있어 엄마를 따라 부지런히 움직이던 손이 시간이 갈수록 속도가 느려진다. 몸도 자꾸만 비틀어진다. 얼굴 표정도 따라 뒤틀린다. 얼마나 많이 썰었는지 손에 물집이 생겨 아프다. 살살 엄마 눈치를 살피다가 슬그머니 방 뒤쪽으로 물러앉는다. 머리 뒤로 손깍지를 끼고 가슴을 앞으로 쑥 내밀어본다. 어깨가 시원하다. 저절로 하품이 나온다. 이렇게 밤 늦도록 준비한 떡으로 설날에 떡국을 끓여 먹고, 말려서 튀밥을 튀겨 간식으로 먹는다.

지금은 그 방앗간도 사라졌고 가래떡 전용 기계도 사라졌고 방앗간 할머니도 이 세상에서 사라졌다. 나도 이제는 더 이상 가래떡을 썰지 않는다.

따베이(똬리)

전통 혼례

며칠 전에 온 동네가 떠들썩했다. 얼굴에 오징어를 뒤집어 쓴 함잡이가 왔기 때문이다. 등짝에 사각형 가방을 업고 와서는 "함 사세, 함 사세요"라고 온 동네가 떠나가라 소리를 질러댔다. 함잡이 뒤에는 친구들이 대여섯 명 붙어있었다. 순자 언니네 식구들이 우르르 몰려가 함잡이 팔을 잡아 끌었다. 함잡이는 꿈쩍도 하지 않았다. 그러자 순자 남동생이 봉투 하나를 바닥에 놓았다. 함잡이가 그 봉투를 밟고 살짝 앞으로 나갔다. 동네에 구경거리가 났다. 함잡이는 몇 번을 뒤로 가고 앞으로 가고를 반복했다. 봉투가 나오고 술상이 나왔다.

오늘 드디어 순자 언니가 결혼한다. 높다란 사각 상 위에

　　　　　　　　　그리움 한 스푼

쌀, 떡, 메밀묵, 닭 2마리가 놓여있다. 병에 대나무와 소나무도 꽂혀있다. 대나무처럼 곧게, 소나무처럼 부부가 오래오래 장수하라는 뜻이란다. 특징적인 것이 있는데 바로 닭이다. 살아있는 닭 2마리가 보자기에 싸여 앉아 있다. 신랑쪽에는 수탉이, 신부 쪽에는 암탉이. 원앙 대신인가?

신랑은 사모관대를 하고 있다. 앞이 뭉툭하고 장화처럼 긴, 특이한 검은색 신발도 신고 있다. 멋지다. 신부는 얼굴에 연지 곤지 찍고 머리에는 화려한 족두리를 쓰고 있다. 화관에 매달린 작은 장식들이 조금씩 떨고 있다. 마주 잡은 두 손은 흰 천으로 길게 감싸여 눈을 가리고 있다. 신부 옆에는 좌우로 두 아낙네가 서서 신부가 큰절을 할 때마다 팔을 잡아 도와준다. 신부가 앉았다 일어났다 앉았다 일어났다를 반복하면서 절을 아주 많이 한다. 그에 비해 신랑은 절을 아주 적게 한다. 누가 도와주지 않아도 될 정도로 아주 편하게. 누군가 술을 잔에 따라 신부에게 내밀자 살짝 손을 댄다. 그 잔을 신부 옆에 있는 아낙네가 신랑 쪽으로 건네준다. 신랑이 그 술을 한 번에 홀딱 집어삼킨다. 반면에 신부는 신랑이 건네준 술잔에 입만 살짝 대었다가 뗀다.

결혼식은 시끌벅적 재미있게 웃으면서 거행되었지만, 어린 내 눈에는 신부가 너무 힘들어 보였다. 팔은 두 손을 맞잡은 채 눈 높이까지 들고 서 있고, 절을 셀 수 없이 많이

하고 결혼식 내내 고개 숙여 발만 쳐다보고 있는 신부를 보
면서 '결혼은 왜 할까?' 의문이 들었다.

그리움 한 스푼

꽃상여

동네 어른께서 돌아가셨다. 이른 아침 동장이 두 번이나 부고를 알렸다. 우리 동네엔 초상이 나면 어른들은 모두 초상집에 가서 일을 도왔다. 아낙네들은 음식 장만을 했고, 남정네들은 힘쓰는 일과 상여 꾸미는 일을 했다. 상여는 마을 어귀 상엿집에 보관되어 있다. 힘센 청년들이 상여를 초상집으로 가져왔다. 이승을 마감하는 마지막 여행에서 탈 수 있는 상여는 부자나 가난뱅이를 따지지 않고 알록달록 예쁘게 꾸며졌다.

　내 기억에 의하면 장례식 날, 상여 제일 앞에 선소리꾼이 서고, 상여를 멘 가마꾼들이 서고, 가마꾼들 뒤에 삼베옷을 입은 유족들이 뒤따른다. 남자들은 머리에 삼베 관(굴건)

을 쓰고 그 관 둘레에 새끼줄을 감았고 여자들은 머리에 삼베 수건을 얹고 머리둘레에 새끼줄을 감았다. 허리에도 새끼줄을 둘렀고 발에는 짚신을 신고 나무 지팡이를 짚었다. 이것 하나하나가 의미가 있었던 것 같은데 긴 세월 탓에 다 잊어버렸다.

그러나 아침, 점심, 저녁, 매 끼니마다 음식을 차려 올리고 절을 하고 곡을 한 것은 지금도 기억난다. 문상객도 곡을 했다. 특히 타지에서 오는 유족들은 상갓집 입구에서부터 곡을 하면서 초상집으로 들어왔다. 시도 때도 없이 들르는 문상객으로 곡소리가 줄을 이었다. 장례는 3일장이 일반적이었다.

장례식 날, 방에 있던 관을 내려 상여에 앉힌다. 유족들이 대성통곡을 한다. 고인과 사이가 각별했던 사람은 상여를 부여잡고 "못 보낸다"면서 퍼질러 앉다시피하여 천지가 떠나가라 꺼억꺼억 슬픔을 토해낸다.

보는 이들이 모두 눈물을 훔친다. 아낙네들은 행주치마를 말아 올려 눈물을 닦는다. 그러나 이제는 영영 이승을 하직하고 저승으로 가야 함을 어떡하리오.

상여는 출발하고,
선소리꾼은 선창을 하고,
상여를 멘 가마꾼들은 후렴을 치고,
유족들은 "아이고 아이고" 곡을 한다.

선소리꾼은 오랫동안 그 일을 했기에 유족들의 눈물을 쏙 빼게 하는 능력이 있다. 선소리꾼은 방울을 딸랑딸랑 흔들고 몸도 좌우로 흔들면서 이렇게 첫 소절을 시작한다.

선소리꾼: "간다 간다. 나는 간다.
　　　　　 북망산천으로 나는 간다. ♪"
가마꾼들: "너어호 너어호 너어어어호♬"
선소리꾼: "이제 가면 언제 오나.
　　　　　 기약 없이 나는 간다. ♪"
가마꾼들: "너어호 너어호 너어어어호♬"
선소리꾼: "저승길이 어디메뇨?
　　　　　 문전 앞이 저승이네. ♪"
가마꾼들: "너어호 너어호 너어어어호♬"

선소리꾼이 목을 꺾어가며 구성지게 읊어댄다. 궁궐 같은 집 남겨두고, 아들딸 다 두고 나만 간다, 일가친척 자손

많아도, 누구 하나 동행 없이 나 홀로 간다는 외로운 저승 길을 구구절절 읊어댄다. 집을 출발해서 장지에 도착해 관을 내려 무덤을 만들고 마지막 하직 인사를 할 때까지의 길고 긴 여정 동안 쉴 새 없이 엮어내는 선소리꾼의 능력에 놀라울 뿐이다.

어디 그뿐이랴. 유족들 이름 하나하나는 언제 다 외웠는지 중간중간에 유족들 이름을 부르면서 상여 앞으로 나오게 한다.

선소리꾼: "○○야, 마지막으로 할아버지가 찾는다. ♪"

이 소리를 들은 당사자는 상여 앞으로 나와 넙죽 절하고 상여 앞에 매달린 새끼줄을 벌려 돈 봉투를 꽂는다. 유족이 많으면 많을수록 상여 앞이 돈 봉투로 춤을 춘다. 유족들도 이런 관행을 알고 있기에 미리 돈 봉투를 몇 개씩 준비한다. 노련한 선소리꾼은 이걸로 만족하지 않는다. 배고프고 목마르다면서 술상을 대령케 한다. 가마꾼들도 목을 적신다.

선소리꾼과 가마꾼들은 다리를 건너갈 때에도 바로 직진하지 않는다. 앞으로 두 걸음, 뒤로 두 걸음 제자리걸음을

그리움 한 스푼

한다. 사전에 리허설을 하지 않아도 선소리꾼과 가마꾼은 호흡이 척척 맞는다.

선소리꾼: "때가 늦고 시가 늦다.
　　　　어서 가자 어서 가 ♪"
가마꾼들: "너어호 너어호 너어어어호 ♬"

이 노래가 무엇을 말하는지 잘 아는 유족들은 상여 앞으로 나와 또 절하고 돈 봉투를 꽂는다. 이 돈 봉투는 선소리꾼과 가마꾼들의 일당이다. 어찌 되었든 이날의 주인공은 고인이지만 고인을 좋은 곳으로 인도하는 대장은 선소리꾼이다. 선산에 도착하여 관을 내려 앉히고 봉분이 다 만들어질 때까지 선소리꾼의 선창과 가마꾼들의 후렴이 계속된다. 그 여정은 저녁 무렵이 되어야 끝나니 한 사람이 이승을 하직함이 결코 가볍지 않다.

노란 숲속에 길이 두 갈래로 났었습니다.

나는 두 길을 다 가지 못하는 것을 안타깝게 생각하면서,

오랫동안 서서 한 길이 굽어 꺾여 내려간 데까지,

바라다볼 수 있는 데까지 멀리 바라다보았습니다.

그리고 똑같이 아름다운 다른 길을 택했습니다.

그 길에는 풀이 더 있고 사람이 걸은 자취가 적어,

아마 더 걸어야 될 길이라고 나는 생각했었던 게지요.

그 길을 걸으므로, 그 길도 거의 같아질 것이지만.

그날 아침 두 길에는

낙엽을 밟은 자취는 없었습니다.

아, 나는 다음 날을 위하여 한 길은 남겨 두었습니다.

길은 길에 연하여 끝없으므로

278

내가 다시 돌아올 것을 의심하면서…….
훗날에 훗날에 나는 어디선가
한숨을 쉬며 이야기할 것입니다.
숲속에 두 갈래 길이 있었다고,
나는 사람이 적게 간 길을 택하였다고,
그리고 그것 때문에 모든 것이 달라졌다고.

_ 로버트 프로스트, 〈가지 않은 길〉

　로버트 프로스트의 〈가지 않은 길〉 중, 비로소 다음 날을 위하여 남겨 둔 한 길을 향해 발걸음을 조심스럽게 내디뎠다.

　그리고, 말하려 한다.
　다음 날을 위해 한 길을 남겨 두길 잘했다고.
　내가 다시 돌아와 나머지 한 길을 걷기 시작했다고.
　내가 살아있는 가장 젊은 날에 시작한 이 일이 절대로 늦지 않았다고.
　그리고
　이것으로 남아 있는 내 인생이 찬란하게 빛나리라고.

p.s. 이 글에 나오는 사진 대부분은 pixabay와 unsplash에서
따온 것임을 밝히며 무료로 사용할 수 있음에 감사를 표합니다.